花人始末
椿の花嫁

和 田 は つ 子

幻冬舎時代小説文庫

花人始末

椿の花嫁

目次

第一話　白椿殺し

1

八丁堀は七軒町にある花屋花仙では冬場の売り物はどれも鉢植えであった。師走を目前にして、花恵は鉢植えの石蕗や椿、山茶花の世話に余念がなかった。

菊の仲間で黄色い一重、または八重咲きの花をつける石蕗は花だけではなく葉も万年青のように愛でられる。葉に白や黄色の斑が入るものや、葉の縁が波立つものに人気が集まって、長月の末にこれらを売り出した初日には好事家が列をなしたほどであった。

——石蕗が人気だったのは珍しい葉に、目がない人たちだけではなかった——

人気の石蕗を活けてくれという注文が華道家の静原夢幻の元へ殺到し、

「どうしても断れないお相手もあるようで、何とかお父上にお願いできませんか？」

夢幻邸の奉公人の彦平に頼まれた花恵が、染井で肝煎を務める父茂三郎に伝えたところ、

「どうせ、葉の斑に縁の形が面白くなくては駄目だろうから、お安いご用とは言い難いが、まあ、この時季のものだから染井中探せば何とかなるだろう」

と請け合ってくれた。

――それにしても、小判鉢に活けた先生の石蕗は素晴らしかった――

花恵は床の間に飾られていた夢幻の作を目に焼き付けていた。それは赤茶の平たい小判鉢の横両端に小さな花器を置き、一方に可憐に咲く小さな花をつけた花茎がしなやかに優しく弓なりにしなっている。もう一方には大きな白い斑が緑の部分と互い違いに入った葉だけを活けたものであった。鉢にも張られている水と艶やかな葉の煌めきがしっとりと美しかった。

――まるで野にある石蕗のような――。いいえ、それ以上の見事さ。やはり要は

斑入りの葉と花茎、小判鉢とのえも言われぬ均衡の妙なのだわ――

何度思い出しても、花恵はうっとりしてしまう。

――あんなに単純であんなに美しい、優しい活け花って他にある？　ここにある鉢植えとはまるで別――

この時も花恵はしばし恍惚となって目を閉じた。

「花恵ちゃん、いるの？」

その時、戸口からやや太い声が聞こえた。

「お貞さん」

「花恵ちゃん、お茶、お茶。あたし、美味しいお菓子作ってきたのよ」

食べるのも作るのも大好きというお貞が持ち寄る菓子とお茶で、二人は楽しい時を過ごすことが常であった。

「今日のはとびきりよ。柚子の潰し甘煮が元になってるんだから。あたし、頑張って三種も作っちゃった。これも前にお袖ちゃんに教えてもらって書き留めてたの」

お貞は自慢げに鼻の穴を膨らませつつ、三段の重箱を包んでいた風呂敷の結び目をほどきはじめた。

花恵は鉄瓶を火鉢にかけてから、お貞が座っている縁台まで戻ってきた。庭仕事を好む花恵たちはよほど冷え込んでいない限り、外の縁台に腰掛けて話すことが多い。

「待ってよ。そのお袖さんっていったい誰？」

「あら、言ってなかった？」

「聞いてないわよ」

花恵は苦笑した。

「前に住んでた長屋で一緒だった女の子よ。二人ともお菓子好きってことですぐに仲良しになったの。病のおっかさんを抱えてたお袖ちゃんは、料理屋の仲居さんになって、店に近い長屋に引っ越したの。半年ほど前よ。そのあとすぐ、おっかさんが亡くなって、あたしも飛んでったっけ。それからずいぶんお袖ちゃん、気落ちしてたみたいだけど、十日ほど前に柚子の潰し甘煮を作って届けてくれたのよね。おっかさんが死んだ時、お貞さんが持ちかけてくれた店を持たない廻りお菓子屋を二人でやろうっていう話、前向きに考えてみたくなったって、文(ふみ)にも書いてあったし」

お貞は弾んだ声で告げた。

「廻りお菓子屋さん、それ、いいわね」

何かお茶請けが欲しくなっても、菓子屋にまで足を運ぶのはめんどうな時がある。

「ありがとう、花恵ちゃん。さあさ、これがお袖とお貞のとびっきり冬至菓子の数々だよ、お立ち会い――」

お貞は口上を口にした。

南瓜(かぼちゃ)食い同様、柚子湯は師走の冬至に欠かせないものであった。

柚子の爽やかな香りと仄(ほの)かな苦みがどのように菓子に活かされるのか、花恵は興味津々であった。

「お袖ちゃんのご先祖様って、茶の湯とお菓子で知られてる松江藩のお侍さんなんだって。ひょんなことから浪人になっちゃって、江戸に住み着いちゃったけど、家伝の柚子菓子作りはずっと代々引き継いできたそうよ」

そう言ってお貞は、重箱とは別に持参した小壺を花恵の目の前に置いて蓋を開けた。

「はーい、これが細かく刻んだ柚子の果皮に砂糖を加えて煮込んだ柚煉(ゆずねり)。黄色に輝いてるでしょ。柚子の汁は入れずに、砂糖の他には柚子の皮だけしか使ってないのよ」

お貞は胸を張った。

「舐めていい？」

「どうぞ」

花恵は木匙を取りに行って一舐めした。

「美味しいっ、苦みまで甘みのうち？　って感じ」

花恵は感嘆した。

「まずはこれを使った一品」

お貞は一の重を開けた。丸く白く薄い煎餅餅二枚に黄色い柚煉が挟み込まれて並んでいる。花恵は一つ手にして齧ってみた。

「煎餅餅の糯米の風味と中に挟んである柚煉がよく馴染んでる」

「でしょう？」

お貞は満足そうに頷いた。

「はい、お次」

二の重が開けられた。小さな柚子がつやつやした黄金色に輝いて並んでいる。

「これは柚煉の親戚。小さな柚子の皮がまるごと使われるのよ。小さな柚子は知り合いの青物屋さんが使い途がないからってくれたんでこっちは大助かり。まずは皮だけを残して、果肉の部分を全部くり抜いて砂糖蜜に漬ける。そうやって仕上げた蜜柚子釜の中に小豆(あずき)の晒(さら)し餡(あん)と寒天を合わせたもの、要は水羊羹(ようかん)の素を流し込んで詰めて出来上がり。あたしは省いたけど、さらに甘く煮た小豆を上に散らすと風情最高。松江じゃ、お殿様もお好みだっていう典雅な柚子菓子だそう。どうぞ、召し上がって」

お貞は気取った物言いで花恵に勧めた。

小皿にとって菓子楊枝(ようじ)を使った花恵も釣られて、

「あたし、小豆の漉し餡、大好きなんだけど、それにも増して柚子の皮の蜜漬けが際立ってる。漉し餡と柚子の皮、相性がいいのかも――。何だか松江のお姫様になった気分よ」

うっとりと目を細めた。

「さて、最後はお貞特製の柚子饅頭(まんじゅう)です」

　三段目が開いた。ふっくらと丸く淡い黄色の饅頭生地に、煉切でヘタの部分も象られている、見た目も愛らしく香り高い饅頭であった。

「これも柚煉の親戚とは言える。つくね芋と上用粉に甘い柚子の皮を入れてお饅頭の皮を作るんだけど、お柚ちゃんの柚煉は使ってない。柚子の表側の皮だけを削って砂糖と混ぜてどろどろにする。それをそっと上用粉と合わせたつくね芋に混ぜると、芋の香りの中に、淡く柚子の香りが漂うってわけ。ほら、柚子の内側のふわふわした白いとこって苦みがあるじゃない？」

「わかった、苦みを出さず、香りが飛ばないようにしてるのね」

　その柚子饅頭を口にした花恵はさらに、

「凄いっ、お貞さん、もうこれ最高。お袖さんと廻りお菓子屋を始めるんなら、これからもずっと味わえるわけよね」

　饅頭の生地のところどころに黄色い柚子の皮が見えている上に、でこぼこしたくぼみから漉し餡がのぞいている様子を好ましく見て、うきうきした気分で、

「心を満たす極上の香り――」

　ふと洩らした。

「実はあたし、天秤棒を担いでお菓子を売り歩く夢を見たのよ、二度も」

お貞ははにかんだ笑いを浮かべた。

「それじゃ、早くお袖さんと会っていろいろ決めないと。場所はここを使ってくれてもいいのよ。ああ、それからお金とか足りなかったら、毎日呼び止めて食べられる美味しいお菓子のためだもの、少しは何とかできるから言ってね」

「廻りお菓子屋にかかるお金なんて大したことないから大丈夫のはずなんだけど──」

お貞はやや不安げに言い淀んだ。

「何か？」

「柚煉と文を届けてから、お袖ちゃん、何も言ってこないのよね」

「長屋やお店へは行ってみたの？」

「もちろん。でも長屋の人たちはここ十日間見かけないって言うし、お店も同じ」

「それ神隠しってこと？」

「まだわからない。お店での評判、もの凄くいいのよね、惜しみなく気働きができるお袖ちゃんなのに一言も女将さんに断らず、お給金だって貰わずに姿を消すっておかしくない？」

知らずと花恵も顔を翳らせた。

「それであたし、早朝に料理屋の仲居さんが家に帰る途中、白椿殺しに遭ったって瓦版屋に聞いた時には矢も盾もたまらず、番屋まで骸を見に飛んでったのよ」

白椿殺しが始まったのはさざんか梅雨と称される、霜月に多い小春日和が続いていた頃であった。老若男女、身分、貧富を問わずに人が次々と殺されていった。舟饅頭と称されている人妻の俄遊女や湯屋帰りの大店のご隠居、女飴売り等であった。そしてその骸の傍には必ず白侘助と呼ばれる、白い椿が置かれていた。市中の人たちはいつ、白椿禍が自分の身に降りかかってくるやもしれぬと恐れ戦いていた。

「殺られたのがお袖さんかもしれないと思ったのね」

「そう。いずれはちゃんとした、人の口に上るような店を持ちたいっていうのが前からのお袖ちゃんの望みだったから、もう少し稼ぎのいい料理屋に住み替えたのかとも思ったの。結局、その骸はお袖ちゃんではなかったのだけれど――」

お貞は呟くように言った。

「よかったわね」

ひとまず花恵は安堵したが、

「何だかあたし、心配で心配で」

お貞の頑丈な両肩が揺れた。

「大丈夫よ、お貞さん。お袖さん、もしかして松江に行ったのかもしれないわよ。お菓子屋さんになること、ご先祖様にご報告に」

花恵は思いついた慰めを口にした。すると、

「そうかもしれないわね。そうだわ、きっとそうよ」

お貞は慰めとわかっていて、

「いいな、美味しいお菓子がいっぱいの城下町に行くんだったら。あたしも誘ってほしかった。お袖ちゃんったら、肝心なとこに気が利かないんだから。もう少し待ったらきっと元気な便りが届くわよね」

精一杯の笑顔を作った。そんなお貞を複雑な気持ちで見送った後、花恵は軒下に移した石蕗の代わりに、椿の花がちらほらと蕾を開いている鉢植えを並べはじめた。

椿の結実した実は椿油として食用や頭髪油に用いられているが、これを蒔いて芽吹かせ花を咲かせるまでには間がかかりすぎる。

花恵が椿の鉢植えを拵えたのは長月上旬から神無月にかけてのことであった。

椿を増やすにはさし木をする。今年の枝と昨年の枝との境目で切り、切った枝はすぐに切り口を四半刻（約三十分）ほど水につけて水揚げする。この後先端から三枚ほどの下葉を切り落としてさし穂を作る。これを鉢の土にさして簀子の上に置き、半日陰状態で根づかせ、根づいたらとにかく風通しをよくして病害虫に見舞われないようにする。こうして丹精した鉢植えの椿が一つ、また一つと開花していく時の喜びは何ものにも代えがたい。

花恵は日本原産のヤブツバキ種の真紅の一重咲き、濃桃色の八重咲き、真紅に薄桃色の斑入りや絞り等を並べ終えた。後は茶の席には欠かせない侘助椿なのだが、すでにもう花仙にはない。白椿殺しが始まってほどなく、晃吉が大八車を曳いて回収に訪れ、市中から十里（約四十キロ）は離れた茂三郎の知人の元へ運び去られてしまった。

「なに、この一件が片付けばまたお目にかかれるって、親方が言ってましたから安心してください。何も焼いちまうなんて可哀想なことはしませんから」

この時そう晃吉は言った。

　市中から白侘助が消えかかっている。殺しの場所に白侘助が置かれていることから、当初下手人は茶人の誰かではないかと疑われた。白侘助は小輪で楚々とした花姿であり、茶室の一輪挿しにもよく用いられたからだ。枯淡を好む茶の世界にふさわしいうえに、霜月から卯月までと花期も長く、人気も高かった。

　とはいえ、これが殺しの印と目されるようになると人気が衰えるだけではなく、庭に植えているだけで下手人と思われかねないということになって、これを切って薪等に始末、要は焼き捨てる家々が増えたのだった。そのうちに白侘助でなくとも赤や濃淡の桃色に咲く侘助椿を植えているところは、どこかに白侘助を隠しているのではないかと疑われるまでに憶測が蔓延った。

　ここまでになるであろうと予見し、真っ先に槍玉に上がって下手人扱いされるのは植木屋だろうと察した茂三郎は、

「茶人は戯れ言の風聞から逃れられる。だが身分のない植木屋となるとそうもいくまい。先々隠していると疑われるのならいっそ、本当に隠してしまえばいい」

　茂三郎は染井にある白侘助をはじめとする侘助椿を残らず集めさせると、もちろん花恵のところも含めて知り合いの農家へ運んで完全に隠した。

こうして染井と花恵は白侘助禍から逃れることができたが、気づかずにいた手合いは奉行所に呼び出されて長い詰問を受けている。

夢幻もその一人だった。

「本当はこんなこと馬鹿げているとわたしも思っているのです」

花好きの南町奉行所同心青木秀之介（あおきひでのすけ）はそう前置きしてから、

「侘助椿は権現様に天下を奪われた豊臣秀吉の恨み花だという話が、まことしやかに祈禱（きとう）僧や呪術師たちの間で囁（ささや）かれています。そしてその話をなぜか気にする御老中様方が、秀吉の徳川家恨み説をさらに増幅しているきらいがあるのです。ですから調べに応じた際の夢幻先生の応えは胸のすくものでしたよ。いやはやご立派でした」

と誇らしげに告げた。

「夢幻先生はこうおっしゃられたんです。『侘助椿は、この国自生の毛の生えていない椿ではない。文禄・慶長の役（一五九二年から一五九八年）の時、侘助という男が朝鮮より持ち帰り、これを秀吉がたいそう気に入って巨木に育て、さし木で世に広めたと聞いている。だとすれば恨みの発端は秀吉に国を荒らされた朝鮮の民で矛先は秀吉ではなかろうか？　秀吉の徳川家恨み説などまるでお門違い。そもそも、今、この時に生きてもいない者たちの恨みで人など殺められるものか？』と」

夢幻が自信たっぷりに言いそうなことだと、青木の話を聞いたとき花恵は思わず笑みを浮かべた。

2

多くの華道家たちが今年ばかりは自身の作品に毎年人気の白侘助を避けたが、夢幻は屋敷の白侘助を隠すことなく、例年通りこの椿を活け続けた。

そもそも椿にはこれを植樹して歩いて八百歳もの長寿を保った若狭の八百比丘尼の有難い伝説があり、徳川二代将軍秀忠はこの花をことさら好み諸国の大名たちに命じて、江戸城に椿の花を集めさせたことさえあるのだ。

「奉行所で申し上げた通り白侘助にもこれを愛でる我らにも罪などありはしないからな」

きっぱりと言い切った夢幻が活けた椿を花恵も見た。

折柄、衝撃的だったのは夢幻の屋敷の庭にたたずむ、趣きある手水鉢（ちょうずばち）の中に活けられた白侘助であった。花恵は注文を受けた水仙の切り花を届けに行ってこれを見た。

手水鉢には枝だけになって揺れる柳の影が、活けられている白侘助とともに淡い冬の光に映し出されていて、手水鉢全体がこれ以上はないと思われる無垢な空間に昇華されている。

──これはもう、手水鉢などというこの世のものではない。仏様の御手から洩れ注いでいる極楽の光そのものだわ──

見惚れた花恵は夢幻の白侘助への並々ならぬ想いの強さを感じた。

夢幻は他に二点の椿の活け花を弟子たちが集う広間に飾っていた。一点は椿棚である。伊万里の白磁の蕎麦猪口（そばちょこ）に一輪ずつ、五種活けて名札をつけて、李朝時代の棚に並べていた。五種の色の異なる侘助椿は、白侘助の他に明るい紅色の紅侘助、やや黒味がかった赤の黒侘助、紅色に白い斑の入った胡蝶（こちょう）侘助、薄桃色の桃色侘助であった。棚の上には穴を開けて濃桃色の侘助を活けた、反ったもろこしのように見える農具が鎮座している。

ょうね――

――どれも侘助だけれどさすがにこの愛らしさには誰も文句はつけられないでし

花恵はそう思って安堵したが彦平は、

「何でも静原流のお家元、夢幻先生のお父上の覚えはめでたくないようですよ。今後一切、家元がいいと許すまで侘助使いはせぬようにとのお達しの文が届きました。お家元は風評だけではなく、決め事をされる御老中様方のご意向を気にされているのです。政の決め事は華道にも及びます、御老中様の一言でこの世界も潤ったり、冷え上がったりしますからね。しかし、去年まではどこもかしこも、猫も杓子もどんなお偉い方々もこの時季、白侘助と愛でて沸いていたというのに、掌返しとはまさにこのことですね」

心配そうな表情で耳打ちしてきた。

「でも、まあ、雪椿の真っ赤な花弁に小さな黄色い蕊の一重と、白い斑が彩りよく入った八重咲きをちりばめた作品は大変評判がよろしかったようです。お帰りになられる前に是非ともご覧になっていってください。昨日御老中の美山様がおいでになって大変気に入られ、明日にはここにはもうございません。わたしが駕籠に乗せて美山様の大名屋敷へお届けすることになっております」

笑みをこぼして花恵を奥座敷へと案内してくれた。

「〝古木に花の咲かんがごとく〟と旦那様が名付けられました。どうです？　よろしいでしょう？」

そう言って彦平は胸をやや反らした。

床の間に彦平が口にした夢幻の活け花があった。花器に使われているのは北国には欠かせない古い木製の橇（そり）を半分に切って立てたものである。その中に据えられている古木は不可思議な茸（きのこ）の形をしている。茸のかさを突き破って斜め上へとずんと太い幹が伸びているのである。絢爛（けんらん）たる色彩のヤブツバキはその古木の幹と頂を彩っているだけではなく、木橇の花器の上部に穴が開けられ活けられていた。こちらの方には古木のやや細めの短い幹が添えられていて、まるで一本の瀟洒（しょうしゃ）な椿の木と花のように見えた。

古い木橇と古木とはほとんど同化し切っているが、活けられている椿は華麗な色と表情、艶やかな楕円形の葉の緑によって全てが生きているかのようだった。命の重々しさまでが伝わってくる。

——何という趣き深さだろう。まさに古木に花が咲いている——

花恵は活け花ではなく太古の椿の巨木を目の当たりにしたような気がした。

「明日からはもう見ることができなくなってしまうのは惜しいですね」

思わず花恵が口にすると、

「これぞ、誰も御時世さえも文句のつけようもない夢幻先生の椿ですからね」

彦平はいつになく強い目を花恵に向けた。

3

お袖の消息がわからなくなって、たいそう案じているお貞のことが花恵はずっと気にかかっていた。花恵が長屋へ訪ねて行くと、お貞は相変わらず晴れない様子ではあったが、出かけようと身支度を調えていた。

「ひょっとしてお袖ちゃん、どこぞへ縁づいてこの江戸を離れたんじゃないかなんて思ったのよ」

「そんなおめでたいこと、どうしてお貞さんに隠すのよ」

「だって、あたしはお嫁さんになるなんてことまずないでしょ。だからお別れの挨拶に来ても、お袖ちゃん、ほんとのことを言えなかったんじゃないかなって——。それであんなあたしをうれしがらせる方便を——」

「友達の幸せをお貞さんが喜ばないとでも思ってるの？　だったら、お貞さんのことまるでわかってないってことじゃない」

思わず花恵は大声を出した。

「あたしもね、そうだとしたら水くさすぎるって思ったわ。だから、一昨日もう一度お袖ちゃんが奉公してた料理屋さんに行ってみたら、お袖ちゃんと仲良しで、半年ほど前に仲居を辞めて品川に縁づいた仲居仲間がわかったのよ。それで昨日その女（ひと）のところへ行ってみた。その女、いなくなる何日か前に江戸に出てきて、お袖ちゃんのおっかさんのお墓参りを一緒にしてたのよ。自分の品川での祝言とお袖ちゃんのおっかさんの野辺送りが重なっちゃった不義理を詫びたかったんだそうよ。その時お袖ちゃんは〝気にしないで、もうそんなこと〟って、とっても明るく廻りお菓子屋をあたしと始める話をしてたっていうの。あたしとの約束嘘じゃなかった——」

お貞の目から涙がこぼれた。

——だとするとお袖さんは——

今度は花恵が目を伏せた。

「だから絶対お袖ちゃんは何か厄介事に巻き込まれたんだと思う」

お貞はきっぱりと言い切って、

「その品川の女ね、お袖ちゃんがあたしに言わなかったことを教えてくれた。お袖ちゃんはあたしとの廻りお菓子屋で忙しくなるからって、むし歯になってた親知らずを四本とも思い切って抜こうとしてたんだそうよ」

「そんな、急に？」

「〝お菓子好きだからむし歯になるのね〟なんて言ってたことはある。あたしも同じようなもんだし、むし歯は痛くて辛いけどどうしようもなくなったら、大道芸人の居合抜きでえい、えいやあっと抜けばいいかなって。あたしむし歯で命までは取られないって思ってたから、それでお終い。大して気にしてなかったのよ」

「親知らずとなると居合抜きでは危ないわよ。腫れて熱が出てそのまま亡くなる人もいるから」

「それでお袖ちゃん、自分の門出のために何とか工面して口中医にかかってたそうなの。あたしに言わなかったのはお金のことで心配させたくなかったからだと思う」

そんなお貞の言葉にたまらない思いになった花恵は、

「それでも一つ、お袖さんの足取りがわかったじゃない？　お貞さん、その口中医のところへ行くつもりなんでしょう？　わたしも一緒に行く」

そうして二人は、かつての仕事仲間が教えてくれた蔵前の口中医のところへ出向いた。名前を淳庵といい、湯島は聖堂のさくら坂に居を構えて歯抜き名人と謳われている藤屋桂助に師事していたことがあるという触れ込みだった。不景気で仕事をなくしていた名の知れたかざり職で年頃は初老、親切丁寧で、麻酔効果のある附子等の塗り薬を用いた『痛くない歯抜き淳庵』と看板に掲げていた。『江戸で一番安く、かつ心配のない歯抜き処』との文字も看板の下に躍っている。

「それにしては静かすぎる感じ」

花恵は首を傾げた。自分が知っている藤屋桂助の〝は・くち・いしゃ〟は朝から患者が長蛇の列であった。

4

二人は『痛くない歯抜き淳庵』の戸口を開けた。中もまたしんと静まり返っている。

「ご免ください」

お貞が声を張っても誰も出てこない。

「誰かいますか？」

花恵が畳みかけると、

「はーい」

応える声がして年齢の頃は十三、四歳の少年が奥から出てきた。居眠りをしていた様子でしきりに目をこする。

「淳庵先生に診ていただきたいんですけど」

お貞の言葉に、

「うちの先生は——どの患者さんにも前もって口中を診る日を——決めていただい

てるんです。ですから——いきなりいらしても診療はなさいません。でも、せっかくおいでになったんですから、——日どりを決めていかれてはいかがですか？」

ややたどたどしく少年は告げた。

——なるほど患者に日を決めさせて診ていたのね——

花恵は静まり返っていることに得心した。

「それでもとっても痛むんですよ、何とかしていただけませんか？」

お貞はなおも粘った。

「そう言われても——」

少年は困惑している。

「ここの先生のお師匠さんの藤屋桂助先生のとこじゃ、いつでも診ていただけるって聞きましたよ」

ついにお貞はすごんで見せたが、

「決まりですから」

相手も引かない。

花恵は戸口に履き物を探した。一足も見当たらない。お貞の目とぶつかった。

――変よ、ここ、ちょっと――

花恵の瞬きに頷いたお貞は突然、

「ごめんなさい。実は歯痛なんて嘘八百なんです。あたしたちの知り合いが瓦版屋でどうしても、ここの評判が看板通りなのかどうか、調べて書きたいって言ってて、知り合いの代わりにあたしたちが雇われて訊き歩いてるってわけなんですよ。ほんとに『江戸で一番安く、かつ心配のない歯抜き処』なら、もっと市中に淳庵先生のお名を広めなければばってね」

さらなる方便を使った。

「瓦版屋さん、その代わりの方々？　そ、それ本当ですか？」

少年は大いに慌てて、

「実は藤屋桂助先生譲りの淳庵先生の腕は大したもので、痛みも軽く『心配のない歯抜き処』には違いありません。けれども『江戸で一番安く』というのはちょっと――。うちは歯抜き専門です。淳庵先生が患者さんに日取りを決めて治療されているのは御年齢のせいもありますが、日々酷使する口中の治療はその人その人で異なる暮らしぶり、要はお話をお訊きしたいからだとおっしゃっています。そうなると一日に何人もの患者さんの歯抜きはできないんです」

すっかりうたた寝から目が覚めたのか、苦しい言い訳ながらはきはきした物言いになった。

「こういうことは以前にもありました。また似たような折入ったことがあったら、自分にすぐ報せるようにと淳庵先生から言われています」

少年はちらと戸口の履き物を確認してから、

「今はちょうど患者さんが見えていない時です。どうぞ、先生のいらっしゃる治療処へ。案内いたします」

こうして二人は少年について廊下を歩いて奥まった治療処に着いた。

「先生、与八です。折入ってお話がおありの方がおいでです。入ります」

障子が引かれた。

そのとたん、

「ひえーっ」

与八が気を失って倒れた。

板敷の部屋の壁には薬瓶や調剤用具が並ぶ薬棚が見える。そんな薬臭よりも強く濃密な血の臭いがした。十徳姿の小柄な淳庵がうつぶせに倒れている。血は淳庵の首筋から流れ出て板敷を染めていた。

「先生、淳庵先生」

お貞が呼びかけても淳庵はぴくりとも動かず、これだけの出血があって生きているとは到底思い難い。

「ああっ。あたし、こういうの、実はいつまでも慣れないのよ」

お貞もへたり込んだ。

「誰かいないの？」

それでもお貞は精一杯大きな声を出した。誰も応えない。

「あたしが人を呼んでくる。それまでお貞さん、与八さんをお願い」

こうして花恵は八丁堀まで走って青木秀之介に報せることになった。

ところが青木は組屋敷にも奉行所にもいなかった。

——青木様でなければ——

こんな時頼りになるのは夢幻しかいない。夢幻の屋敷に向かうと、常と変わらず彦平が応対に出た。夢幻も不在だった。走り通して息を切らしている花恵から事情

を聞いた彦平は、

「それは大変だ。旦那様がいらっしゃるところも、そろそろ片がついている頃です。お迎えに上がりましょう」

すぐに駕籠を呼んで駆けつけたのは町外れにあるこぢんまりした一軒家であった。陽当たりのいい庭があって、促成栽培用の襖で囲まれている。家の前で控えている役人たちの姿さえなければ、一見はのどかな様子であった。

「お邪魔をいたします」

彦平が声をかけて格子戸を開けた。

——たまらない臭い——

中へ入ったとたん、先ほどの淳庵の治療処で嗅いだ臭いよりも、もっと濃厚な異臭が鼻をついた。

「こっちだ」

夢幻の声が奥から聞こえてきた。

奥には納戸があってそこの扉が開いている。夢幻が扉の外に出て手招きした。異臭は鼻をつくどころか、全身を蝕んでいるかのようだった。

納戸の中には女と思われる骸があった。骸はめくら縞の普段着で足袋は履いておらず、髪はざんばらで、あろうことか顔は潰されて赤い肉になり果てていた。首には紐で絞め殺された痕がある。思わず花恵はうっと吐き気を催して、手で口を押さえた。

「わたくしが青木様にここに呼ばれてね」

夢幻は骸の胸の上の白椿を指差して、

「わたくしが作品に白椿を使っているという評判が立っているので、またしても下手人ではないかと疑われかけている」

苦笑いした。

「それは違いますよ」

青木はきっぱりと言い切って、

「先生には違うという証をお持ちいただきたいと申したのです。すでにこれをいただいております」

懐から白い椿を出してきて見せた。

——あら、白椿が二つ——

一瞬、花恵が戸惑っていると、

「骸のそばに置かれているのは今、市中で蛇蝎のように嫌われている白侘助、わたくしが作品に使っているのは花弁と蕊を小さめに改良した雪椿の早咲き種です。一見は区別がつかないがよく見ればやはり花弁や蕊の形が異なる。それに何より子房と呼ばれている花の根元に毛の生えているのが侘助椿、無毛なのが雪椿の自生種です。青木様はすでに気づかれていましたが」

夢幻は説明した。

「白い椿は種類の別なく母が大好きで、先生のところへ稽古に伺った際に、庭の白椿をとくと観察してきて申したのです。先生の白椿は、秀吉公が大事にしていた樹齢四百年以上の白侘助からさし木または接ぎ木で増えた侘助椿ではないと——。たしか侘助椿の雄しべは変形、退化して実を結ばないのだとか。母は侘助椿のことを太閤椿などとも呼んでいてそれはそれはくわしいのです」

青木は証を得るに至った事情を話した。

——わたしも夢幻先生のお庭は熱心に拝見しているつもりだし、作品だって夢中で見たのに、てっきり椿棚の白磁活けの小さな椿たちまで、いろいろな色の侘助椿だと思い込んでた。染井の植木職の娘で花屋をやってるっていうのに情けない――

花恵は少なからず意気消沈した。

「青木様、実は――」

花恵が淳庵のところの事情を語り終えると、

「お貞さんが与八なる者と一緒に？　これは大変だ。あなたのお話では与八が淳庵を殺めた下手人であってもおかしくない。わたしは今すぐに向かいます」

青木はやや顔を青くして、焦りはじめた。それを見た夢幻は、

「この家を訪ねて骸に出くわした季節寄せからは、わたくしが話を聞いておきます。お貞さんのことを頼みます」

と告げて青木を淳庵の治療処に向かわせると、外へ出て震えている二十三、四歳の季節寄せの行商女を招き入れた。

5

「もう、嫌ですよ。骸を見るのはご免です。こんな思いをするのは一度でこりご

り」

入ったとたんの臭気にげえと生唾を吐きかけて堪えた女は上り口に腰を下ろした。

「ならばそのままで訊こう」

「旦那はお役人で？」

相手はちらちらと夢幻を見た。

この時、夢幻は雪持の文様の着流し姿であった。雪持とは冬空から舞い降りてくる純白な花びらのことで、要は雪である。古来風流筋ではこれを天上からの贈答品と考え、冬の枯れ野に咲く清浄な花にたとえた。夢幻の着流しの柄は雪持白椿で、椿に積もった雪の風情が典雅にして華麗に描かれていた。

――これではとてもお役人には見えないわ――

花恵はやや案じたが、

「南町奉行所青木秀之介様より調べを託された者だ」

夢幻は毅然としている。

「まあ、目の保養ってやつで少しはさっきのことを忘れられそうだから、いいですけどね」

女はしばらく雪持椿の柄に見惚れていたが、そのうちにはっと気がついて、

「その雪の下の花、白椿ですよね。縁起でもない。それと白椿が仏さんのそばにあったでしょ？　あれを初めに見た者が次に狙われるなんて世間じゃ言われてますよね、だとすると次はこのあたし？　ああ、嫌だ」

蒼白になってまた震えはじめた。

「骸を見た時のことを寸分違わず思い出せば白椿の禍から免れるのではないか」

夢幻は重々しく言った。

「あの骸はお時さんです。お時さんとは季節寄せの長の言いつけで、青物の受け渡しをしてただけです。ろくに口をきいたことなどありゃしません。だってあの女、いつだって顔の半分が見えないように髪を垂らしてるんですもの。話しかけてもほとんど応えないしね、そのうちにちょっと気味が悪いけど変わった人だって割り切っちゃいましたよ」

「お時の顔をまともに見たことはないというのだな」

「ええ。きっと酷い火傷かなんかを顔に負ったんで、こんな暮らしをしてるんだと思ってましたから、じっと見るのも悪いような気がして――。でもあんなのよりは

ずっとましでした。ああ――」

　骸の潰れた顔を思い出したのか、女は一瞬両目をつぶった。

「背丈は？」

「さあ、どうだったかしら？　とにかくあんまり見ないようにしてたんで」

「どんな着物を着ていた？」

「あの通りです」

「よく覚えているな」

「だっていつもあの太い縞木綿でしたから。着たきり雀でしたよ」

　そこで夢幻は問いを変えた。

「青物は何を作っていた？」

「毎年今時分は葱に小松菜が主で、新年の七日に粥に入れるんで人気の春の七草はほら、きっとあの襖で囲った中ですよ。あそこで育ってると思います。夏場はたしか走りの茗荷と西瓜でしたっけ」

　女は襖で囲まれている場所を告げた。

「いつからここで買っている？」

「この半年ほど。正直言いますと、よく売れる七草の売り買いを終えたら、季節寄せは辞めて、もうここへは来ないつもりでした。あたしは話し好きなんです。ですからああいう人とのつきあいはちょっときついんですよ。ああ、それでもお時さんのあの様子を見た時は肝も潰れましたけど可哀想でしたよ、いくらなんだって、人は誰だってあんな目に遭っていいなんてことないんですから」

そこで季節寄せの女はほんの一時両手で顔を覆っておいおい泣き声をあげた後、指の間からそっと夢幻の顔色を窺って、

「お時さんについてあたし、酷すぎること言っちゃったかしら？　つきあいが嫌だからってまさかあたしは疑われてませんよね？」

念を押した。

「案じることはない。帰ってよい」

夢幻はきっぱりと言い切った。季節寄せの行商女がいなくなると、花恵は夢幻と二人になった。彦平は屋敷に戻ったのだろう。動悸が速くなる。

――こんな時に――

花恵が片掌で胸をぐいと押さえた時、

「これを見てくれ」

夢幻は戸口に転がっている下駄を指差した。

「これは塗りの上等品だ。はてあの納戸の骸の足と合うかな?」

夢幻はその下駄を摑んで再び納戸の骸の前に立った。花恵は骸の素足を凝視した。どちらかといえば小足の部類に入る。足裏は白く綺麗だった。

「この足にこの下駄は似合わなくはないが——」

夢幻は下駄の底と足裏を合わせてみると、下駄が親指の爪三枚ほども余る。下駄が大きすぎるのだ。

「この下駄はこの骸のものではない」

夢幻は告げた。

「ということはこの骸の女はお時さんではないと?」

頷いた夢幻は、

「青物作りに下駄履きは不便すぎる。やはり農民が履くような草履がふさわしかろう。そして草履履きであるならば——それに青物作りをしていたのなら、足はこれほど白く綺麗ではなかろう。日々泥だらけになる足を、洗ってはいてもいつしか茶色く染みついてしまう」

　と言い、

「気になっているのはこれだけではない」

　勝手口を開けて外へと出ようとした。

「おや」

　腰を屈めて夢幻は足袋を拾った。女物の白足袋である。やや小さい。

「これはたぶん骸の足に合う」

　納戸へ引き返して骸の片足に添わせた。ぴったりと収まった。確かめ終えると、襖で取り囲んで栽培が行われている場所へと歩いて行く。

「どうするんです？」

　驚いたことに夢幻は土に差し込んである襖を取り除けはじめた。

「手伝ってくれると有難い」

　そう言われて花恵も襖を土から抜き始めた。この作業は結構力が要る。とはいえ、花作りで鍛えられている花恵はほとんど夢幻と変わらない速さで引き抜けている。

　半分ほど引き抜くと囲われていた中が見渡せた。どこにも春の七草、芹、なずな

（ぺんぺん草）、御形（母子草）、はこべら、仏の座、すずな（蕪）、すずしろ（大根）は見当たらない。

「やはり、思った通りだ」

夢幻は大きく頷いて、

「さっきの女が言った通り、お時と名乗る女は確かにここにいただろう。ただし青物作りなどはしていなかった。季節寄せの青物は育てられたものがここに運ばれていたにすぎなかったのだ。きっとお時がここに住み着いていて、青物作りで暮らしを立てていると見せかけるためだ。目的はわからないが、はっきりしているのは納戸で殺されて見つかった女がお時ではないということだ。骸の縞木綿はぴんと生地が張っていた。高価ではないがまだ新しいものだ。骸は着替えさせられたのだろう」

きっぱりと告げた。

「それでは下手人はお時と名乗っていた女と殺した女の両方を知っていたことになりますね」

花恵の言葉を、

「その辺りはさっきの女に訊いてみればわかるだろう。今頃、役人が番屋に引き立てているはずだ」

夢幻は取って返して、待機している役人たちに「もう、よろしいです」と合図を送った。役人たちは戸板で無残な骸を番屋へと運んで行った。

「あの女が下手人なのでしょうか？」

「さて、あの女に今やご禁制じみてきた白侘助が調達できるかな」

夢幻はやや首を傾げた。

「夢幻先生、お貞さんのところにも、骸があるのです」

花恵が急き立てると、

「青木様が駆けつけたはずだが」

「あの様子は堪えますよ。先生が来てくれればお貞さんも心強いです。どうか行ってあげてください」

花恵の頼みが通り、夢幻と花恵は『痛くない歯抜き淳庵』へと急いだ。

6

『痛くない歯抜き淳庵』へ入った夢幻は、淳庵の骸を調べた後、

「青木様は淳庵先生がどのように死に至ったとお考えですか？」

と訊いた。

「近くに匕首（あいくち）がありました。かざり職上がりの口中医とはいえ、藤屋桂助の門下ともなれば多少の知識は学んでいるはずです。首を切れば死ねるとわかっていて自害したものと思われます。一年ほど前に長年連れ添った妻を失い、子どもにも恵まれず世をはかなんだのではと」

青木の言葉に、

「それではどのようにして自害したのか、やってみましょうか」

夢幻は血に濡（ぬ）れた匕首を手にして骸からやや離れた薬処近くの段差の前に座った。

そして、やにわに、手にした匕首を左首すれすれに近づけた。

「急所を狙った刺し方は心得ておいでだったと思いますが――」

　そこで夢幻は天井を見上げた。花恵たちも釣られて顔を天井に向けた。稲妻のような血しぶきで天井が彩られている。

「座って自害したとしてあそこまで高く血しぶきが飛ぶものでしょうか？　ましてや淳庵先生は骸でお見かけする限りかなり小柄な方です。自分の手で突いたとすると飛ぶのはあそこぐらいまでではと――」

　夢幻はすぐ近くの壁の中ほどを目で追った。

「しかし、処刑の場では血しぶきがかなり高く飛ぶことも――」

　青木の言葉に、

「処刑の折、罪人は座り、処刑人は立って刀を首に振り下ろします。刀の勢いも首に食い込む際の角度も違うように思います」

　夢幻は首を大きく横に振った。

「ですが、こういうことならあの天井の血しぶきの理由も得心が行くのです」

　夢幻は立ち上がると薬棚の段差を上がった。

「これで少しは天井に近づけますが、ご自身で首を突いたとしたらやはり、あそこ止まりなのではないでしょうか？　勢いもないしほとんど水平に刺すのですから」

夢幻は先ほどより高い位置の壁を見た。

「つまり、淳庵先生は刺し殺されたのだと？」

青木は困惑した面持ちで問い掛けた。

「ええ。そう思います。ここにこうして立っている淳庵先生の後ろに立ち、口を塞いでおいて、手にした匕首の狙いを定めて首の急所にさっと振り下ろせば、ああした凄まじい血しぶきが飛びます」

夢幻の説明に皆はいっせいに天井を見上げた。

「しかし、淳庵先生はあそこに倒れていたのですよ。急所を刺されたのなら即、亡くなったことでしょう」

青木は首を傾げた。

夢幻が立っている場所と淳庵が死んでいるところまでは半間強（一メートル）は離れている。すでに動けるようになっていたお貞が、

「青木の旦那」

青木を急かして板敷に這いつくばった。

「もしかしたら」

青木もお貞に倣った。二人は目を皿にして夢幻の立っている場所と骸との間の板敷を凝視し続けた。

「あった、あった、ありました。おっしゃる通り、血の染みが見つかりました」

青木が叫んで、

「するとやはり淳庵先生は後ろから刺されて、部屋の中ほどまで引きずられ、自害したように見せかけられたのですね」

と続けた。

「後は入念に板敷の上を引きずった痕を拭き取ったのね」

お貞が言い添えた。

「先生は奥様に先立たれはしましたが、歯抜きの技を自分が死ぬまで歯痛で苦しんでいる人たちのために使うんだって、いつもおっしゃってました。自分で死ぬような人じゃ、絶対ありません。先生をこんな目に遭わせた下手人をどうか探してください」

とっくに気が戻っていた与八は青木に頭を垂れた。

しかし淳庵の死は殺しとはなかなか見做されなかった。殺しを主張する青木は上

役から、

「淳庵の骸の傍に白侘助はなかったというし、これは自害で決まりだ。白椿殺しでこれほど忙しいというのに、これ以上はもう沢山。どうしてもそう言い張るのなら、まずは与八なる奴を疑え。眠っていて気づかなかったとはおかしな言い訳に聞こえる」

と言い渡されてしまったからである。

後日この経緯を知らされた花恵は、

「それで青木様は与八さんを？」

お貞に訊かずにはいられなかった。

「青木の旦那、与八さん本人にはあの時のことをくわしく訊いたけど、番屋へは引き立てなかったたって言ってた」

「青木様は与八さんを淳庵先生殺しの下手人とは思っていないのね」

花恵とお貞は目と目で頷き合った。

「与八さんの先生を想う気持ちに嘘偽りなんて感じられなかった。それにあの手の忠義者が雇い主を手にかけられるもんですか」

花恵は力強く言い放った。

「あの時の与八さん、ほんとに眠そうだったでしょ。あれ、実は理由があるみたいなの。あの日与八さんは甘酒を飲んだそうだけど味がおかしかったとか。旦那は与八さんは知らぬ間に誰かに薬を盛られたんだって見てる」

お貞は声を低めて、

「もの凄く歯抜きを怖がる人には淳庵先生、附子の塗布麻酔だけじゃなく、軽く眠り薬を飲ませて落ち着かせてたんだって。与八さんから話を聞いて、青木の旦那も一緒に調べてみたら眠り薬がほんの少し多く減ってたみたい。ああいう強い薬はもしものことがあってはいけないから、きちんと残りの量を確認しているんだそうよ」

と続けた。

「でもあの日あそこにいたのは先生と与八さんだけだったんでしょう？」

この花恵の言葉に、

「あら、治療に訪れていた患者さんたちだっているじゃないの」

お貞の目がきらりと光った。

「旦那が気づいて、あたしたちが訪ねる前に来た患者さんが誰だったか調べたのよ。

患者さんの訪れる日取りを書き留めておくのは与八さんの役目だったから、難なくすぐわかったわ」

花恵が身を乗り出すと、お貞は袖に入れてあった紙切れを開いて見せた。

薬種問屋　尾張屋富三郎
料理屋さかえ仲居　千鳥長屋　お袖

これを目にした花恵は心の中であっと叫んだ。

そのままお貞は闊達に話を続け、

「それとね、お袖ちゃんの歯抜きの覚え書きもちゃんと残ってたのよね、こっちは淳庵先生が診療帖に書き置いてくれてたの。それもちゃんと写してきたわ」

もう一枚紙切れを出して見せてくれた。

神無月　晦日　左下むし歯親知らず抜き
霜月　十五日　右上むし歯親知らず抜き

霜月　晦日　左上むし歯親知らず抜き

「お袖ちゃん、あの刻限に治療に来てる。最後の親知らずを抜いてもらうためよね。だからお袖ちゃんはあの日、あの時まで生きてて今もきっと生きてるってこと。あたし、盗っ人なんかが言ってること信じないっ」

言い切ったお貞は唇を噛みしめ目を涙で潤ませている。その後、夢幻が調べた季節寄せの行商女は詮議を受けた。お常という名のその女は盗っ人であった。

「そもそもあんな酷い骸がいけないんですよ。あれを見たとたん、どういうわけか、たがが外れちまったんです。骸の顔を見ながら、これは人じゃない、潰れた肉だって何度も自分に言い聞かせ、ずっしりと重い財布が入った巾着袋やそこそこ上物の着物を剝ぎ取りました。巾着の中には守り袋があって、万に一つだけど、銭が入ってることもあるんで開けてみたら、お袖と書かれた守りの木札でした。簞笥の中から探して目についたのを裸にした骸に着せました。簞笥の中身は普段着ばかりでしたが、どれも新品でしたからそれも有難くいただいたんです。金目のものなんて他にありませんでしたから、盗ったのはそれだけです。ほんとうです。よりによって報せたのも骸に置かれた花があの場所を離れても頭から消えなかったからなんですよ。次は自分が狙われると思うと急に怖くなって。悪かったと思っています。許してください。お願いです」

さすがのお常も嘘泣きではなく、打ち首や島送りだけは勘弁してほしいと泣いてすがったという。

花恵は青木から聞いていたものの、はっきりするまでは、お貞に伝えないでおこうと思っていたのだ。

「青木の旦那に訊いてみたのよ、一緒に廻りお菓子屋をやろうとしてた女友達の行方がしれなくなったって。そうしたら初めは中々教えてくれなかったけど、最後にはお袖っていう守り袋の中の名前が書かれた木札のこと話してくれたのよ。花恵ちゃん、今、あたし、がっくり来てるように見える?」

なぜかお貞の目は異様にきらきらしている。

「ううん、ちっとも」

花恵は首を横に振った。

「でしょ。だってあたし、お袖ちゃんが殺されたなんて思ってないもん」

お貞はふふふと笑った。

「どうしてそんな風に思えるの？」

「さっきも言ったでしょ。盗っ人の言うことなんて信じないって。盗っ人はお袖ちゃんの顔を知らない。だったらどうして、肉片みたいになってた顔がお袖ちゃんだってわかるの？　守り袋の中の木札だけよね。その上、着物をそこに住んでたはずだっていうお時って女のものに着替えさせて、身ぐるみ剝いだのよね。ってことはその盗っ人がやったのと同じことが行われてたかもしれない」

「その顔を潰された骸は二度も着替えさせられてたっていうわけ？」

花恵の疑問にお貞は頷いた。

「でもそうする必要がどこにあったの？　理由がわからないと二度着替えたという証にはならないでしょうが」

花恵は首を傾げた。

「でも、お袖ちゃんが生きてるって希望にはなるじゃない」

「たしかにそうだけど、でもその場合――」

言いかけて花恵は言葉を止めた。

――お袖さんが果たした役目は何だったんだろう？――

複雑な想いで思わず頬杖をついた花恵に、

「お袖ちゃんが廻りお菓子屋なんてやる気がなかったとしてもあたしはいいの。死んだように見せかける必要があったとか、できれば御定法に触れるようなことしてほしくないけど、どこかで元気に生きてさえいてくれれば」

お貞はぽろぽろと涙を流し続けた。

7

翌朝になって、お袖と同じ日に淳庵の治療を受けた薬種問屋主尾張屋富三郎は、青木たちの調べにもまったく動じる様子は見せなかった。元はそこそこの薬屋だった尾張屋を市中で一、二を争う勢いの薬種問屋に押し上げた富三郎は、淳庵殺しのあった当日、自身が『痛くない歯抜き淳庵』で受けた治療について、

「先生のご様子には特別変わったことはなかったように思います。わたしはこの日、与八さんに迎えられて治療処の淳庵先生に歯抜きをしていただきました。歯の性が

悪くすでに何本かここで抜いておりますし、痛みはあまりなかったです。ただ塗布麻酔はしばらく痺れが残るので頭の方もぼーっとしてしまい、与八さんが送りに出てこなくても不審には思わず待たせていた駕籠で帰りました。申すまでもございませんが、この後のことは存じ上げません」

と話した。切れ者と言われているだけあって、堂々とした物腰での淡々とした物言いには説得力があった。

孤児で尼寺育ちの与八に対しても尾張屋は、

「よかったらうちの薬草園で働きませんか？　薬は育てて作るというのが尾張屋の商いです。売り薬の六割方は仕入れずに薬草園で育てて売っています。手塩にかけた薬の質が良いと世の人たちに認められてここまで来られました。尾張屋の薬草園での働きはなかなか遣り甲斐のある仕事ですよ」

親切に誘った。淳庵に見込まれて、ゆくゆくは養子になって口中医の修業を積むはずであった与八は、淳庵亡き後、この先どうしようかと身の振り方を考えていたのだろう。

「実は薬草には以前から興味があったんです」

有難く尾張屋の薬草園で働くことを承知した。

「与八さんのことはよかったんだけど、青木の旦那がねえ——」

花仙を訪れたお貞がため息をついて、

「あたしにも誰にも決して見せないけど、えらく思い詰めてんのよ、きっと。それじゃなきゃ、こんなもの——」

大きめの巾着袋から膨らんだ包み紙を取り出した。包み紙は瀬戸物屋のものだが何やらいい匂いがしている。

「開けてみて」

手渡された花恵は、

「何かしら？」

中は干し芋であった。干し芋は唐芋から作られる。今時分出回ることの多い保存食で多くは農家の副業の産物として売られていた。よく熟した唐芋を大釜でじっくり炊き上げてあら熱をとってから皮を剝く。中指の爪ほどの厚さに切り揃え、網に並べて一日に一度、表裏を返しながら天日干しして仕上げる。売られているものは固めに仕上がっているので火鉢で炙(あぶ)って温め柔らかくして食べる。

「中へ入って。火鉢に火は入ってるから」

そう告げて花恵はお貞を家の中へ招き入れようとした。

「それには火鉢は要らない」

お貞は言い切り、

「どうして？」

「とにかく食べてみて」

「ええっ？　このまま？」

干し芋は炙るものだと思い込んでいた花恵は当惑した。

「いいから、騙されたと思ってお願い、食べて」

さらに促された花恵は干し芋を口にして、

「あらっ？　これ味が売っているのと違う。でも美味しい。干し芋じゃない、蒸し芋みたい」

小首を傾げた。

「実はそれ、青木の旦那から貰った干し芋なのよ」

「ってことはまさか、青木様が干し芋を？」

「そのまさかなの」

お貞は苦笑して頷いた。

「道でばったり出会った旦那のお母様も案じてたわ。〝お役目一筋の秀之介が厨に立つのを初めて見た、何かあったんじゃないかって〟って」

「たしかに」

そこで花恵は干し芋を摘まむ手を止めた。

「旦那ったら、干し芋の味は七味だっていう話をかなり真剣にしてくれるのよ。干して一日目は蒸したての唐芋そのもので、口いっぱいに広がる香りととろけるようなやわらかさと甘味、二日目は表面がやや乾きはじめたけれど中はしっとり。一日目よりほどよく嚙み応えがあって食感がよく、いくつでも食べられそう」

「驚くばかりの凄い説明ね」

「旦那のお母様がおっしゃるには、〝秀之介の干し芋作りは研究熱心でなかなかのものだけれど、差し上げているのが気にかかる〟って」

お貞の顔は浮かない。

「それ、お貞さんへあげたいからなんじゃない？」

「そんな量じゃないんですって。厨に入り浸りでかなりの量を作って、どこぞへ差し上げているらしいのよ」

「そのどこぞが問題だわね」

「お母様は誰か、特別な相手に入れあげているんじゃないかって。相手にお役目上の辛さもあってのめり込んでいるのではないかと心配されていたわ」

　お貞の話に、

「お母様はお相手が芸妓か遊女だって疑ってるのね。ああいうところに通うには周囲の朋輩たちにもなにがしか撒くものだと聞いたことがある」

　花恵は応えた。

　――どうせ、この程度のことお貞さんだって見通してるはず――

「まあ、おかしな気を起こしたりしないことを祈るわ。お役目をこなすのに行き詰まって相対死（心中）したりだけはしてほしくない。そのためには干し芋作りもいいけど、白椿殺しと淳庵先生の下手人をお縄にしないと駄目。あたしね、白椿殺しと淳庵先生殺しはつながってると見てるのよ」

「たしかにどちらにも共通してるのはお袖さん」

「そう。まだお袖ちゃんは見つかっていないけど、このところ悲しそうな様子であたしの夢枕に立つのね。だからもう殺されてるかして亡くなってるのかもしれない。あたし、青木の旦那に頼んで盗っ人がくすねようとしたお袖ちゃんの着物や巾着、守り袋、お財布なんかを見せてもらったら、お財布は重かった。お袖ちゃん、あんなに沢山のお金を持ち歩くことなんてなかった」

「お貞さん、料理屋で一緒に働いてた人に品川まで会いに行ったじゃない？　もう一度、その人に会えばまた何か思い出してくれるんじゃないかしら？　困った時は、初めに戻ってみるのよ。一緒におっかさんのお墓参りまでしてくれた義理堅くて情の厚い人だもの、もっと思い出してくれる気がする」

花恵が提案すると、

「たしかにね。もしかしたら、男女のことはあたしに気を遣って話してくれなかったんだろうな。お嫁に行くっていう話じゃなくても、可愛かったお袖ちゃんなら好いて、好かれた相手だっていたはずなのに――」

お貞は頷いた。

8

こうして二人は品川へと向かうことになった。仙台藩伊達家下屋敷のある大井村の味噌屋に嫁いだ加代は、何軒かある味噌屋を束ねている味噌屋頭の妻になっていた。

「ここの赤味噌、辛口の仙台味噌は伊達様の江戸藩邸のために造られていたのが、広く江戸市中でも売り出されるようになって、うちの味噌屋も繁盛してるんです。味噌の商いで江戸へ通っていたうちの人が、あたしの奉公していた料理屋へ立ち寄っているうちにこんな具合になりました」

味噌の匂いを染みつけている加代ははきはきした物言いをしたが、

「お袖ちゃんのこと、もっといろいろ聞かせてください」

お貞が単刀直入に言うと、

「それはまあ——もう——」

などと口籠って伏し目がちになった。

「お袖ちゃんの命が懸かってるんです。お願いです、この通りです」

なおもお貞は深々と頭を下げた。花恵もそれに倣う。

「実はあたし、お袖さんには随分と助けられてるんです」

加代は思い詰めた表情で切り出した。

「うちの人が夫婦になろうと言ってくれていた頃、あたし、常連さんで紙屋の跡取り息子の勘助に口説かれていました。すでにお内儀さんもお子さんもいる方です。それなのに妾になれと言うのです。上客ですので女将さんの手前もあって、あたしは曖昧な受け答えをするしかありません。あたしにはもちろんその気なんてありませんでした。勘助さんは女たらしで有名でしたし、しばしの贅沢ができるお妾暮らしが幸せだとは到底思えなかったからです。でも、勘助さん、なかなか諦めてくれなくて、とうとう家の前で待ち伏せされるようにもなって――。怖くなってお袖さんに相談したんです。お袖さんは病気のおっかさんを抱えて大変だというのに、あたしのために勘助さんと話をしてみると言ってくれました。それで安心してあたしはお嫁入り支度ができたんです。感謝してもしたりません。それでお袖さんのおっかさんのお墓にお参りしました」

「へえ、あのお袖ちゃんがそこまでの庇い立てをしてたなんて――」

お貞は意外そうに呟いた。

「お袖さん、前の自分なら危ない目に人が遭ってても見て見ないふりしたかもしれないって。お袖さんには見習いたい人がいてその人なら絶対、今自分がするように困っている人の盾になるだろうって言ってました。その人があなただってこと、ここに訪ねてきた時にあたし、すぐにわかったんですよ」

加代のお貞を見る目が潤んだ。お貞も自然と涙が流れていた。

「でもそのあとです。勘助さんの様子が変だと、お袖さんに聞いたんです。勘助さんは生まれて初めて思い通りにならなかったことで自暴自棄になり、博打に嵌って店の蔵からお金を持ち出して行方をくらませたそうなんです。見かねた両親はこのままではいずれ、どこぞで重ねる借金で店も潰しかねないと勘助さんを勘当にした。その勘助さん今こっちに戻ってきてるんだから、あんたは市中にいては駄目と言われたんです」

「ということは、その勘助にお袖ちゃんは会ってるのね」

お貞は念を押した。

「ええ、お袖さんが通っている『痛くない歯抜き淳庵』の前の柳の陰に勘助さんが隠れて待ってたって。尾行(つけ)られてて仕返しされるのかもしれないって。それがどういう風の吹き回しか、勘助さんの方から茶店に誘ってきたんですって。お袖さん、今の勘助さんには多少の同情や責任感じてて、茶屋で話をして、あたしが今、どうしてるかってことを訊かれても絶対知らないって通したと言っていました。それで、勘助さんが〝感心な元盗賊の倅(せがれ)が今、どこで、どうしてるか話してくれよ。えらく儲けてやがるんだろう？〟って」

「感心な元盗賊の倅って？」

「お袖さんの亡くなったおとっつぁんは手習いの先生で、和尚様の厚意で手習い所だったお寺の離れに住んでで。もちろん、お袖さんも手習いに加わって沢山友達がいたんですって。その中に父親が盗賊の頭で盗賊にさせられるのが嫌で逃げてきてた子がいたんだそうです。〝このまま奉公に出して小僧になるのは惜しい〟って、いつも師匠のおとっつぁんは言ってたそう。その男の子たちともお転婆だったお袖さん、よく遊んだ仲で。その男の子は身の上を隠して辛い小僧奉公に出てそれっきり。でもそれから、びっくりするようなお大尽に成り上がってたんですって。お袖さん、とっても喜んでた。努力をすれば、きっと幸せになれるって勘助さんを説得する時にこの話をしたみたいなの」

「勘助にはもちろんその男の名は言いっこないわよね」

お貞の言葉に、

「言うはずありません。少しはまともな心を持つためにと説教したのが間違いだったってお袖さんきっぱり言ってた。お袖さん、まさか勘助さんにあたしのことで責められ殺されたなんてことも──」

加代は蒼白な顔を両手で覆った。

「心配しないで」

お貞は加代の肩を抱いて、

「それより、あんたはいい子を産まないと。お腹に子、いるんでしょ。帯がせり上がってるもの、あと三月ほどよね。とにかく大事にして。それがお袖ちゃん、どこにいても一番、喜ぶことよ」

必死に慰めた。

帰り道お貞は、

「勘助はお袖ちゃんからお加代さんのことを訊き出そうとしただけではなく、前にお袖さんが勘助の心を正そうとして話した相手のことも訊き出そうとしたわけよね。ってことはお袖ちゃん、やっぱり勘助に連れ去られて閉じ込められて力尽くで吐かされかけても頑として言わず、殺されちゃったってこともありよね」

と言い、固い表情をした。

――それもあるけど、お袖さんは朋輩(ほうばい)のお加代さんのことだけは守り通そうとしたものの、偉くなったっていう人を強請(ゆす)ろうっていう勘助に誘われて、悪の心が芽生えてしまったのかもしれない――

花恵はよくないことまで想像してしまった。

「とにかく勘助を見つけなければ」

「そうね」

とお貞に同調はしたものの、花恵は心の中だけであれこれと想いを巡らせていた。

――どうやったらこの広い市中から会ったこともない勘助とやらを見つけ出せるのだろう。お袖さんだけではなく、あそこで青物を作っていて一人住まいだったお時さんさえ、消えていなくなってしまっているというのに――

9

何日かして無宿者勘助が番屋近くの大通りで見つかった。無宿者とは宗門人別改帳から名前を外された者のことである。多くは大飢饉や商いによって農村での暮らしができなくなった元百姓だったが、連座の制度ゆえに累が及ぶことを恐れた身内から不行跡を理由に勘当された道楽息子や、軽罪を犯して追放刑を受けたごろつき連中もいた。すでに事切れていたが外傷は見当たらなかった。最初に見つけた者が助け起こそうとした時、懐から白椿がこぼれ落ちたという。

「花恵ちゃん、大変」

お貞が息を切らして花仙に駆け込んできた。

「勘助がどうやら白椿殺しにやられたみたい。すぐ番屋に来てって夢幻先生が」

「待って、すぐ行くわ」

花恵は手にしていた如雨露(じょうろ)を置いてお貞と一緒に番屋へ向かうと、すでに夢幻が訪れていた。

「顔を潰されたお時の骸のそばにあったものと同じ白椿だ。しかし世を騒がせ続けている白椿殺しのものとは異なる」

夢幻は言い切った。

「それでは夢幻先生の庭の雪椿の白と同じものでしょうか？」

「白椿は白侘助と白雪椿の二種だけではない。好事家が海を渡ってきた白侘助を取り寄せたところ、白侘助に似て非なる蘭方白侘助を拝むことができたという。もちろん花びらは同じと言ってよく、蕊の量や形が違うだけなので素人目にはわからぬ。ただしこの蘭方白侘助はそう多くはあるまい」

悠揚迫らぬ夢幻の説明に、

「なにゆえあの時、町外れの一軒家の骸のそばにあった白椿を蘭方白侘助だっとおっしゃっていただけなかったのです？」

青木はやや口を尖らせた。

「わたくしはあの時、白い雪椿を庭で育て活けていただけで白椿殺しの容疑をかけられていた。あの時、訊かれたのは骸のそばにあったのが白侘助かどうか、わたくしが活けている白椿が白侘助かどうか、という二点だったはずだ」

「しかし、あの時従来の白侘助と異なるとおっしゃっていただければ、調べもまた違ってきていたはずです」

青木は珍しく夢幻を睨み据えた。

「どうかな。白侘助と蘭方白侘助は驚くほど似ている。あの時わたくしが訊かれもしない知識を披露していたら、役人たちは世迷い言を言って罪を逃れようとしているとでも決めつけたのではないか？」

「そうかもしれません。面目ないとはこのことです。ただ勘助はどこにも傷がない以上、服毒死させられたのではないかと」

切り出した青木の言葉に、

「口の周りに黄色い滓が残っています」

夢幻は懐紙を取り出し、その滓を拭い取って鼻に近づけた。

「黒砂糖の匂いがします。もしかしたら、これは冷卵羊羹でも食べたのではないかと思います」

夢幻は青木に向かって告げた。

冷卵羊羹は卵が使われる、つるんとした生湯葉に似た姿と食味の菓子である。生卵をよく溶き、布で漉し、黒砂糖と酒少々を加えてもう一度漉して作られる。

夢幻はもう一度鼻を近づけると、得心した様子で、

「僅かに阿片の臭いがしています。冷卵羊羹は黒砂糖の風味と甘みが強い上、卵が使われているせいでつるりと喉を通ってしまうのです。それで気づかずに毒入りを食べさせられてしまったのでしょう」

理路整然と説明した。

青木は上役に夢幻の話を伝えたものの、

「勘助は江戸に帰ってきたところで行く当てはなく、悲観して好物を食って死にたかったのだろう。勘助ほど落ちぶれてしまえば阿片を売り歩いているごろつきの一人や二人、知っていておかしくはあるまい」

と聞く耳は全く持たなかったそうだ。

「青木の旦那が嫌気の塊になるのも無理ないのよね。旦那の上の人の言うことはもう滅茶苦茶なんだから」

「夢幻先生は蘭方白侘助は町外れの一軒家で見つかった顔を潰された骸のそばにあったのと今回の阿片死した勘助の骸のとが同じだとおっしゃったわよね。上役の人は信じなかったそうだけど、要は下手人は本物の白椿殺しを真似て、白椿殺しのせいにしようとしたってわけ」

お貞の目がきらりと光った。

花恵は相づちを打った。

「あたし、与八さんに頼み込んで、患者さんの日取り帖を見せてもらったでしょ。そうしたら、三回続けてお袖ちゃんの次は薬種問屋主尾張屋富三郎さん。もしかしたら、勘助が尾行たり、見張ってたっていうの、この尾張屋さんなんじゃないかしら？　お袖さんが知ってるはずのお加代さんの居所は、知るにこしたことはないけど本命は尾張屋さんの方だったのかも」

お貞は驚くべき応えをした。

「ってことは、まさか尾張屋さんがお袖さんの言ってた元盗賊の息子でとてつもなく偉くなった人ってこと？」

花恵は胸がどきどきしてきた。

――あそこまでの人が殺しに手を染めたなんてとても信じられない――

「あたしね、お袖ちゃんがお加代さんに告げてた尼寺へ行ってみたのよ。そうしたらもうそこは廃寺になっていた。何年か前に女の人が寄進を届けに来た時、柚煉挟みの煎餅餅を振る舞ってくれたんですって。それを食べた後、庵主さんも尼さんたちも孤児たちまで死んでしまったって」

――柚煉といえば――

「まさか、その女って――」

「お袖ちゃんじゃないわ。その女背丈が大きかったっていうから。お袖ちゃん、どっちかといえば小柄な方だから」

お貞が安心させてくれた。

――ああ、でもそうするとあの骸はやはり――。骸はどちらかといえば小柄な身体つきだった――

花恵の心を複雑な想いが通り過ぎた。

「行きましょう、尾張屋へ」

花恵の言葉に、

「そうね。絶対、お袖ちゃんのことを突き止めなければ」

お貞は大きく頷いて走り出した。

10

こうして二人は尾張屋に着いたが、

「旦那様なら高輪にある薬草園へお出かけです。〃薬草は飯の種だから慈しんでやらねば〃とおっしゃって八のつく日は見廻りに出かけられるのが常です。お母様も御一緒されておられます」

富三郎は留守であった。

「富三郎様はお母様とご一緒なのですか？」

花恵は訊かずにはいられなかった。

「はい。ご存じとは思いますが、旦那様は婿養子です。お嬢様と添われる前はてまえどもと同じ奉公人でした。お嬢様が亡くなられてほどなく、先代の旦那様ご夫婦は不慮の禍で亡くなられて。お母様はあのお年齢になっても、〃この通り身体だけは丈夫だから〟とおっしゃって、庭掃除や薪割りに余念がありません。薬草園においでの際にも率先して働いておいでのはずです」

白髪混じりの大番頭は柔和な表情で告げた。

「それはまたよいお話を聞かせていただきありがとうございました」

お貞が丁寧に頭を下げてその場を辞した。

二人は高輪にある尾張屋の薬草園へと行き着いた。迎えてくれたのは植木職人のような姿の与八で、にこにこと元気そうに笑っていた。

「仕事はどう？　辛いことはない？」

お貞の問い掛けにも、

「以前は干したものしか見ていなかった薬草をこの手で育てるのは楽しいです。よくよく草木の世話も好きだったんだとわかりました。ああ、でも、ここの旦那様のお母様にはとても敵いません。おいでの時はあんなお年齢なのにわたしの倍、いやそれ以上のお働きなのですから。早く、あのお母様に追いつきたいと日々思っています」

終始笑みを浮かべていた。

与八に続いて門を抜けると、薬草園の広さにお貞が感嘆した。

「奥の方の一面はギヤマンの屋根になっているわ。いつかおとっつぁんが言ってた南蛮囲みというのではないかしら？　ああしてギヤマンで四方を閉ざした中で、上から陽の光だけを入れて寒さを防いで育てると、冬でも茄子が実ったりするそうよ。茄子は青物だからここでは育ててないでしょうけど、南蛮渡来の肉桂（シナモン）や丁子（クローブ）、胡椒なんかも育てられるんでしょうね」

花恵は育てられている草木について想いを巡らせた。

客間に通されると、尾張屋富三郎と語らっていたのは夢幻だった。花恵とお貞は、思わぬ夢幻の出現に驚きを隠せなかった。この日の夢幻は足と頭と首以外は真っ白な丹頂鶴が描かれた着流し姿であった。富三郎の方は渋い黒大島紬を羽織りと対で着こなしている。

「それでは先生、お一つお願いできましょうか？　用意はもうできております」

夢幻にも劣らない顔立ちの富三郎は微笑みつつ頼んだ。

「お集めになった蘭方白侘助を活けるようにとのご用命でしたね。わかっておりますす。ここの蘭方白侘助を見せていただく代わりにとこちらから申し上げたことですので」

夢幻は立ち上がると用意ができている次の間に進むところだった。

「お邪魔いたしております」

花恵は尾張屋に忘れていた挨拶をした。

「聞いていますよ、熱心なお弟子さん方でしょう。高名な静原夢幻先生から拙宅の椿を愛でたいとの文をいただき、ならば活け花と津軽三味線をお願いできぬものかとまことに図々しい文を返させていただいたんです」

尾張屋は微笑みを絶やさない。

「さあ、しっかりと先生の天才ぶりを拝見といたしましょう」

富三郎も次の間に入った。花器は太い脚のついた大きなギヤマンの器で色は水色。活ける花は白い蘭方白侘助と思われる。

「尾張屋さんの庭には蘭方白侘助の種類が多くて大変な目の保養をさせていただきました。やはり、椿は白が一番、活け花使いも白とわたくしは心得ます」

そう断って夢幻は水を張った花器に白い椿をさし込んで活けていく。楚々としていながら華麗な白椿の饗宴といった様子の豪華さと清々しさの両方が美しく溢れ出ている。

「蘭方白侘助の一番大きなものと侘助の可憐な小さなものを使っています」

これを聞いた富三郎は、

「おかしいですね。尾張屋では蘭方白侘助しか育てておりませんよ。白侘助など植えても月並みすぎてつまりません」

やや険のある面持ちで訂正した。

「ほう、そうでしたか？　わたくしはまた白椿殺しを疑われてはいけないと、早速抜かれてしまった白侘助のうち、抜き損なったものが残っているのだとばかり――」

夢幻は口元を緩めたがその目は笑っていない。

「何をおっしゃるのです」

富三郎の声と顔が凍り付いた。

「お気に障ったら申し訳ありません。実はわたくしのところにも白椿はあるのですが、これは白侘助などではなくて正真正銘の雪椿。なのにいろいろ口さがなく疑われて困っているのです。それでつい、他所（よそ）様のことまで。他意はございません」

活け終えた夢幻は重々しく頭を下げた。

「そうおっしゃられても気になってきました」

富三郎はやや慌てた様子で返事をした。

花恵は一刻も早く、緊張と恐ろしさと愛想笑いが交錯しているこの場から逃れたい一心で、

「わたしたち、まだお庭を拝見していないんです。見てきてよろしいでしょうか？」

と口に出した。

「どうぞ、どうぞ」

富三郎は手を叩いて人を呼んだ。

「失礼いたします」

廊下の障子が開くと、粗末な形の老婆が這いつくばるように両手を突いている。

「この方々に蘭方椿を見ていただいてくれ。それからくれぐれも庭の手入れは行き届かせるように」

「はい」

とうとう背中の曲がった老婆は顔を上げずに障子を閉めた。

二人は屋敷から庭に出ると、

「ふーっ、いい気だわ。あの客間にいると息が詰まりそう」

つい花恵は本音を吐いた。

「ねえ、蘭方椿って、赤、濃桃色や薄桃色、豪華な八重咲きや三輪咲きとかがあるって聞いたことある。白椿を見るのは最後にして、まずは華やかな色から見ていかない？」

さすがのお貞も緊張疲れしているようだった。

「そうね、そうしましょう」

色のついた蘭方椿が咲き誇っている方向へと歩き出すと、

「お貞さん、花恵さん、また、会えましたね」

斧（おの）を手にした与八が向こうから歩いてきた。

「これから樹（き）を伐るのね」

花恵の言葉に、

「ええ、残してあった蘭方白侘助椿を全部伐れって急に言われて――。綺麗に咲いてるんでちょっと惜しくてね――」

与八は浮かぬ顔になっていた。

「ああ、でも仕方ありません。旦那様のお指図ですので。こういう時に思い出すんです、淳庵先生の線香時計がなくなってることがわかった時も、こんなやりきれない気持ちでした。先生、患者さんたちの都合もあるからって、なるべく治療が延びないようにしてたんです。それでご自分で作ったんですよ、あの時計。それなのにあの日、眠り込んでしまって何も気がつかないうちになくなっちゃってて——」

与八は深いため息をついた。線香時計は常香盤の一種で、線香が燃え尽きた長さや量をみて時の経過を測るものであった。

「目が覚めた時は夢中で治療処の線香時計がなくなってるのにも気がつきませんでした。どこを捜してもないんで誰かが盗んだってことになるんでしょうけど、文字盤がついた高嶺の花の和時計ならまだしも、あれが盗まれる理由が皆目わかりません。侘助と名のついている椿は蘭方白侘助椿でも残らず伐らなきゃならないのと同じです。俺、頭が悪いんでしょうね、わからないことが多すぎて——」

与八は固めた拳でぎりぎりと自分の頭をこづいた。

11

二人は与八と別れ反対の方向へと歩いて華麗な色合いの蘭方椿の茂みに佇(たたず)んだ。

「椿と言えば侘助でそのうち白侘助が一番人気だけれど、あたしは綺麗な色合いでさまざまな花のつき方をする蘭方椿も好き。茶道や華道じゃ、何がなんでも侘助じゃなきゃなんて言うけど、そんな考えつまんないと思う」

お貞が言い放った。

「あたしはこれ。まさに女の命そのもの」

お貞がうっとりと見つめているのは濃い紅色地に淡い桃色の覆輪の入る大輪の椿であった。花恵は白地に藤紫色のぼかしの中輪牡丹咲きの椿を目に刻んだ。

するとどこからか三味線をつま弾く音が聞こえてきた。三味線の音色が初めはゆっくりと聞こえていて、次第に速くなっていく。

「わっ、あれ夢幻先生よ」

お貞が叫んだ。

「変わった曲ね」

花恵は呟いた。いったい、どこまで速くなるのか、見当もつかないほど三味線に速度と強さ、勢いがついている。

「以前、先生が津軽に旅された時に聴いて感激して、市中で似た音色を響かせていた津軽三味線の名手を屋敷に招いて修練を積んだそうよ」

しばらくして三味線の音が止んだ。そしてほどなく、ぱーんというさらに大きく弾ける音が、白椿ばかり植えられている方向から、今度は空に向かって放たれたがごとく鳴り響いた。

「あれ、た、たぶん、鳥撃銃（とりうち）の音よ」

お貞が怯（おび）えた表情になった。火縄銃とも言われる鳥撃銃は、鳥を狙撃し得るほどの命中精度を誇るためにそう呼ばれていた。

「何かあったのよ」

花恵は反射的に駆け出したが、広大な庭を端から端まで走り続けなければならない。

ぱーん。

もう一発銃の音が空へと木霊した。

――あっちでは与八さんが樹を伐っているはずだし――

「待って、待って」

お貞も必死に走ってついてくる。白椿の茂みが見えてきた。屋敷から出てきて、走る丹頂鶴の着物の後ろ姿が前にあった。

「夢幻先生」

花恵は叫んだが夢幻は立ち止まらない。夢中で追いついた時、夢幻は倒れている尾張屋富三郎を介抱していた。

「大丈夫ですよ」

富三郎は夢幻の助けで立ち上がると、

「わたしは母に何かあったのかと思いましてここへ駆けつけたのですが、またあの音がして――」

白椿の茂みの前で尻餅をついている与八の方を見た。鳥撃銃は富三郎の母と思われる手拭いを姉さんかぶりにした老女がしっかりと抱えていた。

「母さんがわたしを守ってくれたんだね」

尾張屋母子は抱き合った。

「銃はどこに？」

夢幻の問いかけに、その母は無言で与八のすぐ近くにある白椿の根元近くを指差した。

「与八さん――」

夢幻に呼びかけられた与八は、

「違います、違います、わたしではありません。銃なぞ撃っていません、本当です」

震える声で頭を振り続けたが、富三郎は奉公人の一人を呼んで役人を呼びに行かせた。しばらくしてから、富三郎は夢幻や花恵、お貞を再び客間に招き入れた。

「与八はお役人様がおいでになるまで小部屋にいるように申しつけました。こんなことになってしまって残念です。母は思いもかけない出来事に取り乱してしまい、体調を悪くしたようなので休ませていただいております。母も与八にはとても目をかけていたので――。今、熱いお茶でもお淹れしましょう」

落ち着いた口調で富三郎はもてなしを続けた。富三郎が畳の上に夢幻が置いたままの三味線を片付けはじめた。

「本日はよい音の出る三味線を試すことができて結構でした。津軽三味線の上物は腹に響くような重く強い音色でわが身を引き締めてくれます。こんな機会はもう滅多にないでしょう。ありがとうございました」

夢幻は丁寧に礼を言い何事もなかったかのように会話を続けた。

「たしかに呆れるほどの金子をはたいた津軽三味線でした。しかし、先生ほどの弾き手に出会ったのですからこの三味線も本望でしょう。庭の椿をお見せする代わりにお弾きいただきたいと申したのはほんの冗談で、まさか無理なお願いをしてすぐにお受けいただけるとは思ってもいませんでした」

するとそこへ、

「南町奉行所から青木秀之介様がおいでです」

奉公人が報せにきて、

「今、ここの小部屋にいた与八を主殺しを企てたとして捕縛した。与八は番屋へ引っ立てて白状させるつもりだが、見聞きした事情を聞かせてもらいたい」

青木は尾張屋富三郎の前に座った。

「御役目ご苦労様でございました」

富三郎は青木に深々と頭を下げると、話を始めた。

「お弟子さんお二人が庭に出られたところで津軽三味線を先生に弾いていただくことにしました。そのあと、先生の弾きが終わってすぐだったと思います。ぱーんと弾ける乾いた音が庭から響いてきました。咄嗟に鳥撃銃の音だと思いました。以前、山で猟師に頼んで鴨撃ちをしたことがあったのですぐわかりました。庭で草木の世話をしている母が案じられ、気がついてみると庭へと走り出て音がした白椿の茂みの方へと走っていました。そこでまた、ぱーん。今度のは前のよりもっと大きく、わたしの耳を掠めたかのように聞こえました。あまりの爆音に驚いたわたしは信じられない様子を目にしました」

富三郎はしきりに左耳を撫でたが血も傷もついていなかった。

「それで？」

青木が身を乗り出したかのように見えた。

「十間（約十八メートル）ほど離れて、与八がわたしの前にいたのです。母が与八の後ろにいるのが見え、母は身体を屈めて与八の足元の茂みから鳥撃銃を見つけて手にしたんです。夢幻先生やお弟子さんたちが駆けつけて来られたのはまさにその時でした」

語り終えた富三郎は冬だというのに流れた額の汗を手拭でぬぐった。

「母のおかげで命拾いいたしました。それにしても与八にこのような目に遭わされるとは思ってもみませんでした。やはりわたしに感謝しているという言葉とは裏腹に、草木の世話は口中医の見習いよりもきつく仕事がよほど不満だったのでしょうか?」

この言葉を聞いた青木は、

「しかし、おまえは与八が鳥撃を構えているのを見たわけではあるまい」

と言った。

「とはいえ、これはどう見ても――」

富三郎の額からまた汗が流れ出た。

この時、

「失礼いたします」

障子を開けた奉公人が、平たく大きな脚付きの菓子盆を手にしていた。

「お縫様が是非とも皆様にとお作りになられました」

菓子盆の中身は、白く薄い煎餅の間に柚子の崩し砂糖煮を挟んだものであった。

「母は何か形にして皆様に感謝の意を示したかったのでしょう。どうか、召し上がってください」

富三郎の顔に笑みが戻った。

「それではいただきましょう」

夢幻は菓子盆に手を伸ばして頬張った。

「美味しいですよ。香り高い甘さに品がある」

青木の賛辞に、

「母に伝えれば喜びましょう」

富三郎がにこやかに応えると、青木とお貞の目が頷き合った。

「毒入りの方は小部屋に巣くう鼠が食べて死にました。与八さんに変わりはありません」

お貞は怒りをおさえるのに必死の様子で告げた。

「どうやら、この菓子には孤児のおまえが育てられた寺の恩ある住職たちを、皆殺しにしたのと同じ毒は入っていないようだな」

　青木も富三郎を見据えた。

「何を藪から棒に――」

　富三郎は唇を捻じ曲げた。常の柔和な男前とは打って変わった凶相の片鱗が見えた。

「すでに調べはついておる。この尾張屋を押しも押されもせぬ薬種問屋に押し上げたのはおまえだが、それも亡き一人娘に気に入られて婿入りできてこそだった。祝言を挙げて一年足らずで死んだ家付き娘はおそらくおまえが殺したんだろう」

「とんだ言いがかりです。尾張の御本家とはそれはそれは厳格な取り決めがあって、わたしども分家は本家から金子をもとめられてきました。妻が生きていても、死んでしまってもこの取り立ては続きます。店とていずれ本家の血筋から養子を迎えることになり、わたしのものになどなりはしないんです。殺す理由などありはしませんん」

　尾張屋は言い切った。

「それでは与八に話してもらうとしよう」

青木の指示で廊下にいた与八が中へと入って座った。

「これを」

青木は包みを与八に渡した。開けた与八は、

「ああ、先生の線香時計だ」

なつかしそうに抱きしめた。

「思い出しました。先生が治療をなさっている間、私は控えの部屋で線香三本が燃え尽きたところで鐘を鳴らすのが役目でした。あの時数えられなかったのはすでにこの時計がなくなっていたからです」

与八の言葉に頷いた青木は、

「そしてその時計を眠っている与八のそばから盗み出せたのは、おまえとその前に来ていたお袖ということになる。盗んだのはもちろん、淳庵を亡き者にするためだ」

相手を睨み据えた。

「待ってくださいよ。なにゆえ、わたしが淳庵先生に手を掛けなければならないんです？」

富三郎も凄みのある眼差しで睨み返す。

「与八さんは甘酒を飲んで眠くなったというよりも、甘酒を気付けにしようと思ったくらいすでにうつらうつらしかけていたそうです。その前に喉が渇いたので厨の薬缶から湯冷ましを飲んだことを思い出してくれました。厨の勝手口から誰かが入って、薬缶に眠り薬を仕込んでも誰も気がつきません。眠り薬を盛られた与八さんは訪れた患者のお袖ちゃんをはっきりとは見ていません。着物や髪型がいつもと同じだった、その程度。ですからそれはお袖ちゃんではなかったかもしれないんです」

青木に加勢するように説明したお貞はそこで一度息をついた。

「次に訪れた尾張屋さんは治療を終えた後、背中を向けた淳庵先生を刺し殺した。できれば自害に見せかけようと治療処の中ほどまで引きずって行った後、その痕を拭き取り、万が一殺しと見られた時不都合になる線香時計に気がついて持ち去ったんです。それにしても、淳庵先生はとばっちりですよ。勘助と同じく、自分たちを脅してくると思われて」

「どうしてそんなことをこのわたしがしなくてはならないんだ？　この女、いい加滅なことを言うと承知しないぞ」

　富三郎は凄んだ。

「お袖ちゃんは何の罪もないというのに、淳庵先生のところへたまたま尾張屋と一緒に通うことになって、勘助と遭ってしまったのが不運で殺される羽目になったんです。あの仕舞屋でお時と名乗らせ、青物を育てている様子をしていたのは普段は母親役のあの男だったはずです」

　お貞は悲痛に叫んで、富三郎の母親を指差した。花恵は、お縫が実は男だということに、その時初めて気づいたのだった。

「勘助が倒れる前に差し入れを届けた者の様子を旅籠の女将が覚えていた。勘助はおまえたちを強請ったために殺された。お袖、淳庵、勘助、そして何年も前の寺の住職らを殺し、さらに罪なき与八を主殺しの疑いで斬首させようとした、お上をたばかる罪の数々は重いぞ」

　最後は青木がさらに大きく声を張った。

「わたしの三味線の終わりが、母親のふりを通していたこの男との合図だったのでしょう?」

青木とお貞はこの夢幻の言葉に大きく頷いた。

富三郎と一緒に母を騙っていた弥助という男がお縄になった。二人は自分たちの幸せを築いて守るために数々の罪を重ねてきたことがわかった。鳥撃を拾った姿を一目見ただけで正体を見破ったのはお貞で、

「だってねえ、鳥撃を拾う仕草に年寄りらしくないしながあったし、雰囲気。こればっかりは説明できないわ。それに富三郎もあたしのこと〝女〟と言った。他の人みたいに〝男女〟とは言わなかったでしょ。因果なことにわかるもんなのよね、こういうのは」

不可思議な慧眼を披歴した。観念した富三郎は調べに応じてお袖と勘助は白椿殺しの仕業に、淳庵は自害に見せかけたと白状した。その後与八が何かの弾みに思い出しては困ると考え、いずれは始末するか、咎人にするつもりで子飼いにしたのだという。

盗賊の子と目されている尾張屋富三郎の本名は尼寺でつけられた仁太郎とわかっただけで、出生についてのことは何一つ不明のままとなった。富三郎が雇っていた

尾張屋の奉公人たちの中にも兇状持ちは何人かはいたものの、単なるあくどいごろつきで元盗賊とは無縁だった。

即刻打ち首獄門と決まった二人だったが、富三郎は全て自分一人の罪であると主張し、弥助は毒による寺での皆殺しの他に勘助殺し、遡れば富三郎の妻殺しも自分の咎であると言い通した。

「あたしがお内儀さんを手に掛けたとわかった時、あの男はこれから二人で生きられるだけ生きて、たとえ悪の花でもいいから花を咲かせてみようと言ってくれました。どんなにうれしかったことか――」

母親のふりをしていた弥助は涙ながらに語った。とはいえ、尾張屋富三郎が弥助と共に犯した罪過はさらなる広がりを秘めていた。

「富三郎は独特の力強い破滅的な音に魅せられて津軽三味線に嵌ったのだろう。津軽という地は富三郎たちにとっても金の成る木でもあったようだ」

そう夢幻は比喩したが、

「津軽といえば古くからこの地で作られる阿片の隠語、『ツガル』でもある。この闇は広いだけではなく深い」

青木は富三郎たちの裏には公儀を欺きつつ、阿片の密売で巨万の富を築いている正体不明の仲買人たちの存在を明言した。尾張屋富三郎はこれへの関わりは一部認めたものの、調べは途中で打ち切られてしまい、現地の農民に育てさせていたという芥子畑が幾つか焼かれただけだった。

処刑の日、富三郎と弥助は同じ場所で首を刎ねられることを願ったが聞き届けられず、無宿者扱いの弥助は鈴ヶ森に曳かれて行った。最期まで富三郎の名を叫んでいたという。富三郎もまた、

「弥助との幸せな花を守るため、どうにもこうにも仕様のない時に殺めてきただけだ。これだけは信じてほしい。わたしは断じて白椿殺しなどではないっ。殺し狂いではないっ」

と声が嗄れるまで繰り返していた。

そんな富三郎の言葉を耳にしたお貞は、

「お袖ちゃんは富三郎たち二人が打ち明けてさえいれば、決して他の人に洩らしはしなかったと思う。だからやっぱりあの二人は人の心のわからない、自分たちさえ幸せならいいっていう、勝手なやつらよ」

変わらず怒りの矛先を収めなかった。

12

数日経って、花仙を訪れたお貞は、三本の干し芋を花恵に差し出した。

「あら、青木様、まだ干し芋作りが止んでいなかったの？」

不審を感じつつも花恵はすぐにその三本を味わうのに夢中になった。

「五日目は色が綺麗なべっ甲色になるのね。ねっとり感が増して重い心地がいい歯ごたえになってる。六日目ときたら、干したてとはまるで別物、もっちりした食感で風味と甘さがぎゅっと詰まってる。七日目のはさすが、もう折っても割れない柔らかさ。口の中で飴みたいに転がしたくなる唐芋のいい香りと甘み。干し芋ってもう最高」

絶賛したところではたと気づいて、

「その後、あの心配事はどうなった？」

――尾張屋を追い詰めた時の青木様とお貞さん、ほんと呼吸（いき）がぴったり合ってて、何も心配するようなことあるとは思えないけどな――

「お金遣いが少々荒くなったり、沢山干し芋を作って配ってた相手っていうのは青木の旦那のお手先の人たちだったそうよ。尾張屋たちをお縄にするには相当動き回ってもらわないと。だから、もう心配することはないって旦那のお母様とお話ししたんだけど、今度はあたしの方が困っちゃって――もう、どうしよう？」

「顔、赤くしてるだけじゃわからないわよ」

花恵がわざと蓮っ葉な物言いをすると、

「旦那が廻りお菓子屋には七種類に食べ分けられる干し芋がいいんじゃないかって」

お貞は一気に話した。

「それはたしかね」

花恵はすぐに飛びついた。

「でしょ。だからあたし、お袖ちゃんの供養も兼ねて思い切ってやってみようかなって。旦那やあのお母様まで手伝ってくれることになったのよ。〝離れが空いてるから、いっそ、引っ越してきたら〟なあんて言ってくれちゃって。でも、やっぱりどうしよう？」

お貞は両手で自分の顔を覆いつつ、

「ふふふふ、やったあ」

指の間から大きく両目を見開いて見せるお貞の姿を見て、花恵の心は温かくなごんだ。

第二話　親子さざんか

1

師走の染井は門松や注連飾りを得意先や歳の市、捧手振りの元締めからの注文に応じて、ぴんからきりまで種々用意するのに忙しい。その師走も半ばを過ぎると、猫の手も借りたいほどの忙しさが止んでやや落ち着いてくる。花恵の父で肝煎の茂三郎の元に今年も一通の文が届けられた。

そろそろ今年も見事なさざんかをご覧いただける季節になりました。亡き夫の七回忌も無事済ませ、今年は息子が戻るというのに人手が足りません。例年通り、泊まり込みで庭の大掃除をお願い申し上げます。

千代乃

「へえ、何っすか？」

弟子の植木職人晃吉は、淹れた茶と干し柿をわざと後ろから親方の前に置いた。これ式の盗み読みは晃吉の得意技であった。

「さざんか屋敷に行かねばな。人手が要るようだから一人連れて行こう」

茶を啜りながら茂三郎は短く応えた。

「もしかしてその一人って俺っすか？」

つい洩らすと、

「そろそろおめえの番だろうが」

茂三郎は憮然とした面持ちになった。

「わかってます、お伴いたします。けど俺も一度くらい、どーんとした門松をそれに似合うお屋敷にお届けする、植木職の醍醐味を味わってみたいっすよ」

晃吉はつい愚痴った。門松を届けて先方から縁起物のご祝儀を受け取る役目は、毎年一番弟子の誉であった。

――植茂ほどの大所帯になると上がつかえてるってこともあるけど、実はなかなか回ってなんてきそうにないんだよね、これ――

「そんな届けの仕事は誰でもできる。植木職は植木職らしい仕事をすればいい。さざんか屋敷にはその仕事がある」

茂三郎が断じた。市中には八十種ものさざんかを愛でることのできる庭付きの家があって、さざんか屋敷と呼ばれている。その家の持ち主が木綿問屋小倉屋の女主千代乃であった。この庭の広さ、見事さに比べれば、愛と野心の果てに厳罰に処せられた尾張屋富三郎の蘭方椿収集など足元にも及ばない。

「まあ、そうなんでしょうが――」

〝あそこは人使いが荒くて次から次へと庭仕事を言いつけられる上に、八ツ（午後二時頃）になっても茶一つ差し入れてくれないってえ、行った者たちの噂っすよ〟

と続けかけて晃吉はその言葉を呑み込んだ。

「言っておくがこれは菰巻きで松に冬越しをさせる等の商い仕事ではない。やらねば義理の立たぬことだ」

茂三郎は言い切って続けた。

「それと今年は人手が足りぬから泊まってくれと文にある。薪割り等も覚悟せねばなるまいな」

「義理というのは先代の小倉屋さんのことですか？」

「ああ」

頷いた茂三郎は座っていた縁側から見えるさざんかを見つめた。さまざまな草木を扱う染井では、種類に限って多種を育てることはできない。茂三郎が最も好きな花はさざんかなのだが、植えられているのは縁が濃桃色で黄色い蕊が密集している、八重咲きにしては派手すぎない江戸さざんかの一種であった。ちなみにさざんかは椿によく似ていて交配種もあるが、葉や花が小ぶりではらはらと桜のように可憐にも潔く散る様子が異なっている。

「まさか師走を七夕に見立てて、あの千代乃さんに会いに行くってわけじゃありませんよね」

晃吉は自分では察しがいいと自惚れているものの、肝心な事柄について的外れなことが多かった。これに当人が気がついているようには思えない。

「馬鹿なことを言うな」

　茂三郎は一喝した。

「そんな物言いは亡くなった小倉屋さんの怒りを買う。この時季にさざんか屋敷へ出向くのは先代へのご供養も兼ねている」

「わかっていますよ。あれだけのさざんか屋敷を造ったのは親方が先代から頼まれたからだって聞いてます」

　叱られて分の悪くなった晃吉はその先は口を閉じた。実を言うと茂三郎はこの時季に弟子を一人、二人連れてさざんか屋敷へ行くだけではなく、春先や梅雨頃にも足しげく通っていた。神無月や霜月にも、茂三郎は一人で行き、どこへ行ったとも告げない。さざんか屋敷に限っては対価を請求したことなどない。そのことを晃吉も知っている。それで目当てはまだ色香の漂っている艶な女主ではないかと、とかく色事が気になる若い弟子たちは噂していたのであった。

「さざんかは今はご隠居の身の十一代家斉様がお好きでな。先代小倉屋さんも同様で、三段に花がつく深紅の珍花さざんかを是非とも献上したいとおっしゃった。さざんかを極めるには、まずさざんかの庭を造ってほしいと。当時は染井もわしも金繰りが苦しく、この大仕事で切り抜けられ助けられた。小倉屋さんの方も公方様の一言もあったのだろう、人も羨むほどのたいそうなご繁盛ぶりとなった。お元気だった頃、共にあのお屋敷の庭に出てさざんかの花に手を合わせたこともあった。今でもその時の気持ちを忘れたくないのさ」

途中、茂三郎は洟(けな)を啜ってごほんと咳をこぼしつつ、晃吉が初めて聞く話をしてくれた。

「お気持ちは充分わかりますけど、このところの忙しさと寒さで親方、風邪気味でしょう？　年末にひく風邪には気をつけないと。こんな時に、あそこの庭仕事はちょいきついですよ。俺は自分が嫌だから言ってんじゃありません。それに花恵お嬢さんが知ったらどんなに案じることか、俺がお嬢さんに叱られちまいますよ」

その晃吉の言葉が終わると同時に、

「馬鹿者っ」

また茂三郎は怒りを爆発させた。

「花恵はわしの血を引く娘だぞ、柔(やわ)なおまえとは違う。わしが植木職を全うして命絶えてもさして驚きはしねえ。そう躾けてきたんだからな」

晃吉を睨み据えた。

――お嬢さんに親方譲りの根性があるのはたしかだけど、寄る年波のおとっつぁんを心配してねえなんてことはねえと思うな――

晃吉はそう思ったが、

「すいません」

まずは謝って、

「さざんか屋敷へ行かれるのはいつですか？　支度がありますから」

すいと話を転じた。

「早いほどいい。わしもこのところさざんか屋敷の花付きの様子が気になっていたところだった」

茂三郎の機嫌が直ると、

「そいじゃ、明日からってことで。これから急いで荷物をまとめます」

晃吉は先を進めた。

「そういえば夢幻先生からこのところご注文がありませんね」

「門松や松飾りはいつもの年通りだから何もわざわざ頼んではこないだろう」

「けど夢幻先生、お嬢さんには特別な気持ちがあるんじゃないんですかね――」

「ふーん。正直なところ、先生の花恵への気持ちが気になって仕様がないのはおまえなんだろうが」

聞いていた茂三郎の目が笑って、晃吉の心の的を突いた。しどろもどろになって何も返せなくなってしまった晃吉に、

「いいか。これだけはしっかりわきまえておけ。高位の方々の前に乞われて花をお活けになる夢幻先生のようなお立場のお方は所詮、わしらとは住む世界が違う。時に首を懸けて花と向かい合い、活けねばならぬことさえおありかと思う。わしらの常識ではわからぬことも多々あるのだ。だから自分の尺度ではわからぬことがあっても決して踏み込んではならぬぞ。あれこれ詮索が過ぎるのはおまえのよくない癖だ」

茂三郎は言い聞かせた。

「それでお嬢さんは大丈夫なんでしょうか？」

晃吉が思わず口走ると、

「花恵はおまえほど軽はずみではない」

茂三郎は苦笑いした。

2

翌日、茂三郎と晃吉はさざんか屋敷へと向かった。

「今か今かと待ってたよお」

門を入ると縞木綿に襷がけで頭を手拭で包んだ年の頃五十まぢかの女が駆け寄ってきた。

「お亀さん、また世話になるね」

茂三郎は軽い咳をこぼしながら挨拶した。晃吉もぺこりと頭を下げた。

「今年はまたえらく若い人だね。新入りかい？」

お亀の言葉に傷ついた晃吉は、

「そちらは？」

思わず顎を上げて挨拶を促した。

「ここの厨を仕切ってるんだよ。名はさっき親方も呼んでた亀。よろしく」

屈託のないお亀の返しに晃吉は肩透かしを食らったような気がした。

「お亀さんに引いてるようじゃ、仕事はともかくここでの泊まりはつとまらねぇよ」

茂三郎はわざと笑おうとしてまた咳をした。

「お屋敷のことは、おいおい話してあげるよ。見て見ぬふりでも立ち入りすぎてもいけないいんだからさ。それより、茂三郎さん、咳はいけないね。今年の風邪は質が悪いって聞くよ」

お亀は茂三郎と晃吉の先に立って歩き出した。

「泊まってもらうったって、源次さんのいたとこなんだけど」

お亀が歩みを止めたのは屋敷の裏手に建てられている、道具小屋に毛の生えたような奉公人用の長屋であった。がらんとした印象を受ける。

「一時は十人もいた奉公人も今はあたし一人。夜は気味悪いぐらいだったから来てくれたのはうれしいよ。用心のこともあるからあたしの隣にしといた」

お亀が戸を開けて案内してくれたのは七輪が置かれた土間、二間続きの畳敷きと押し入れのある部屋だった。

「源次さんはどうしなすったんだい？　霜月に来た時は、二年前の水無月にさし木したさざんかを鉢植えにするのを手伝ってくれたんだがな――」

　茂三郎はお亀に訊いた。

「源さんは四十代半ば過ぎても、働き者で元気だったよ。でもねえ、あの娘がいなくなっちまってからはどうもね――」

「乙女ちゃんだったかね、千代乃さんの身の回りの世話をしていた――」

「お内儀さんの世話だけじゃなくて、あたしの手伝いもよくしてくれたいい娘だったんだけどね、霜月の末日に急に暇をとっちまったんだよ。年頃だったからね、幸せそうだったから親元で縁談がまとまったんじゃないのかい？　それなのに源さんはあんまりうれしそうじゃなくてね。乙女が出てってからほどなく暇をとっちまったのさ。こんな年の瀬に突然辞めるだなんて恩知らずにもほどがあるって、お奈津さんはもうこれだよ」

　お亀は額の両端に人差し指で鬼の角を立てて見せた。

「ああ、お奈津さんねえ」

　お奈津の名が出たとたん、茂三郎はややうんざりした顔になった。

「もう、先代の旦那様の姪ってことでこっちは何でもはい、はいって聞いてるけどこのところ、堪忍袋の緒が切れかかってる。これで若旦那の恒一郎さんが帰ってくるってことにならなきゃ、やってらんなくてあたしも暇を貰っちまったかもしんないね。赤子の頃から知ってる恒一郎さんときたら〝お亀、お亀〟って、そりゃあ、あたしになついてくれてたんだからさ。そんなことでもなけりゃあ——」

お亀が話を続けかけた時、

「お亀、お亀——」

外で呼び声がかかった。

「いけないっ、噂をすればだよ。お奈津さんの声だ」

お亀が慌てて戸を開けると、

すらりとした身体つきではあるが高すぎる鼻と、整ったまま花の盛りを超えた顔立ちに険のある三十歳ほどのお奈津が立っていた。

「お亀っ」

まず強く冷たく叱責しておいて、

「また、お得意のおしゃべりね」

と続けるとお亀は足早に立ち去った。

「植茂さん、今年もお世話になります」

形ばかり頭を下げてから、

「ここをご覧になったでしょう。伯父の生きていた時はここらの部屋も奉公人で埋まってたんです。でも、伯父は恒一郎に湯水のようにお金を遣ってしまい今の有様になってしまいました。お亀は仕事が増えるので不服のようですが、あたしは乙女や源次が辞めてくれてむしろほっとしています。お店で暇をしている奉公人をここへ通わせればいいのですから。何より給金の倹約になりますもの――」

と続けた。

「それはまたたいした倹約のお心がけですな。庭のさざんかの花も驚いているでしょう」

茂三郎は頭を垂れて礼を返しながら言った。

「それは皮肉な褒め言葉ですね」

お奈津は少しもたじろがずに、

「せっかくのご厚意を無にしたくはございませんので早速、庭へ出ていただければと思っております」

暗に早く働けと言わんばかりの物言いであった。

「左様でございますね」

茂三郎は晃吉を促して立ち上がった。

するとそこへ、

「まあ、少しも気づきませんで失礼いたしました」

お奈津が去ると同時に、さざんかの花の精が目の前に現れたかのような可憐さと華麗さを兼ね備えた、年齢の見当がつきかねる生身の女が姿を見せた。

「姪が何か失礼なことを申しあげましたか？」

千代乃は茂三郎を見つめた。

——うわっ——

晃吉は驚きで心がひっくり返りそうになった。

——何だ、この少女のような初々しいはにかみを含んだ、わざとではなくほどよく濡れている目ときたら——

「いやいや」

茂三郎は穏和に頭を横に振った。

「千代乃と申します。茂三郎さんにはいつも並々ならぬお世話になっています」

千代乃は茂三郎、晃吉と各々に分けて丁寧に頭を下げた。

「千代乃さんもお変わりなく」

会釈した茂三郎に晃吉も倣った。

「このところ、そうおっしゃっていただくのが苦しくなっています。わたしの不徳の致すところで小倉屋の商いも旦那様のおられる時のようではなくなりましたが、お奈津さんのおかげでこれまでと変わらぬ小倉屋の体裁を保っているのです。先代への義理立てでこうしておいでいただくのは真に有難いことではございますが、何とも申しわけなくて――。わたしなど何の役にも立ちませんものね――この通りです」

千代乃はまた頭を下げた。

「あなたらしくもない」

茂三郎は怒った声音になった。

「わたしは先代恒右衛門(こうえもん)さんの月命日にはいつもこちらの方角へ向けて手を合わせ

ています。そして、あなたが常に前とお変わりなくさざんかの花の似合うお方であってほしいと願うのです。それでなくては先代があの庭をわたしに造らせ、商いを広げた意味がないからです。あなたにも恒右衛門さんのその想いに報いていただきたいのです。恒右衛門さんとの一粒種の恒一郎さんも近く戻ってくるという話ではありませんか？　あなたにはまだ生き甲斐があるはずです」

「ありがとうございます」

千代乃は涙ながらに礼を言い三度目の頭を下げた。

「こちらは庭が気になりますので」

茂三郎は晃吉を促して立ち上がった。

「よろしくお願いいたします」

千代乃は頭を垂れたまま見送った。

二人はさざんかの茂みが続く庭を見て廻ることになった。さざんかの咲き誇る庭はことのほか地面が美しい。

秋から冬の間しか咲かないさざんかは寒中、一片、一片と繊細な風情で花弁を散らす。さまざま種が入れ替わって春まで咲き続け、おしべや根元の花弁がくっついてしまい、花全体がぽとりと落ちてしまう椿とは対照的であった。

「やはり椿同様、白は悪くない」

茂三郎は白い八重咲きのさざんかの前で立ち止まった。さざんかは白の一重が野生種でこれが園芸品種に改良されていて、ここの庭では茂みごとに、薄桃色、濃桃色、深紅、薄紅色、斑入り、縁ぼかし、縁しわ、縁切れ、八重咲き、花弁化した蕊が密集して咲く獅子咲き等と多種多様な饗宴ぶりを観賞することができる。

3

「あの千代乃さんって女、幾つなんです？」

晃吉は訊かずにはいられなかった。

「娘みたいに若いんで驚いたろう？」

茂三郎はこの時ばかりは晃吉の詮索好きを咎めなかった。

「正直会うたびにわしも驚かされる。恒右衛門さんと夫婦になって二、三年して生まれたのが恒一郎さん。その恒一郎さんが三十歳近くになるはずだから、千代乃さんはもうかれこれ五十歳に近いはずだよ」

「ひえーっ」

晃吉は思わず叫び、

――これでさざんか屋敷へついて行っていた連中が、親方との仲をあれこれ噂する理由がやっとわかった――

「今だって引く手はあるんじゃないんですかい？　あれだけの器量でさざんか屋敷の主で金持ちの寡(やもめ)なんだし――」

これにも茂三郎は怒声を発しなかった。

「さざんかの咲いていない時でも好事家のご隠居たちが集うことがよくあるそうだ。わしも庭仕事に来て出くわしたことがある。多少の愛想を振りまいて、さざんかの新芽買いに一役買ってもらおうと思ってるのかもしれないな。とはいえ今でも、千代乃さんは恒一郎さんの将来を案じる他は、恒右衛門さんとの思い出に生きていなさるのさ」

「もしかして、知る人ぞ知る、のさざんか茶やさざんか香ってここが売ってるってことはないですよね？」

晃吉の問いに頷いた茂三郎は、

「ただし世間には秘している。小倉屋ともあろう大店がそんな商いをするほど窮していているとは思われたくないからだろう。さざんかの新芽は千代田のお城の大奥にも密かにお納めしているとのことだ。いいか、ここからは決して口外してはいかんぞ」

　ぴしりと窘めた。

　さざんかの新芽にはえも言われぬ芳香があり、芽吹きの時季にはこれを摘んでお茶にしたり香袋に入れたりする目的で香屋等には納めずにごく内々で売り買いされていた。その分高額ではあろうことは見当がつく。

「それならでーんと日本橋の一等地に大きな店を構えていなくとも、奉公人を減らして商いを縮め、小さな店構えにすりゃあ、いいじゃないですか？　何も秘密にさざんか商いまでやって見栄張ってなくたってさ――」

　晃吉は思ったことを口にした。

「おまえもたまにはいいことを言うな。植茂が傾いたらおまえに任せて庭を愛でる旅籠か料理屋にでも直してくれ。頼むぞ」

茂三郎は大笑いして、続けた。

「しかしそれができないのが恒右衛門さんの想いを引きずっている、今の小倉屋なんだろうよ。あ、呉服屋京くれないのご主人が手代と一緒に門を入ってきたぞ。こちらへ来る」

あちらが近くまで来たところで頭を垂れて挨拶の言葉を口にした。

「師走ですな。ご苦労様です」

「そちらもご精が出ますな、お忙しいことで」

「今年一年お世話になりました」

「こちらこそ、また、よろしくお願いします」

呉服屋を筆頭に名だたる白粉(おしろい)屋、履物屋、簪(かんざし)や笄(こうがい)等を売る小間物屋等が続いて屋敷の中へと入って行った。立ち止まったまま茂三郎はそのたびに暮れの挨拶を繰り返した。どの店も主が奉公人を連れて訪れていて、名だたる店であるだけに、主は立派な家に住んでいて庭木にも興味があり、染井で顔を合わすことがあった。

「これまた、どうしたことなんでしょう？　あ、いけねえ。余計な詮索っすかね」

「千代乃さんが恒右衛門さんと最期に交わした約束を果たしていなさるのさ」

晃吉は叱られはしなかったものの茂三郎の言葉の意味はわからなかった。

それからさざんかの庭をざっと一回りし終えたところで、

「錦色の地面はしばらくはあのままにしておこう。さざんかの花弁が散った地面を恒右衛門さんは〃千代乃が歩くとさざんかの絵巻物になる、いや、天女の羽衣になって空にまいあがるかな〃だなんて言ったからね。恒右衛門さんは三十歳をすぎて初めての祝言、千代乃さんは、房楊枝屋の看板娘で偉いお武家様に嫁いだものの、子ができず離縁された出戻りだった。親戚連中は大反対だったが恒右衛門さんは押し切って、それほど惚れに惚れた恋だったのさ」

と茂三郎は呟いて長屋へと戻った。

「ほんと、いろいろ持ってきてよかったっすよ」

〃とかく金持ちってのはケチですからね〃と言いたい口を晃吉はぐっとつぐんで、七輪で火を熾すと薬缶をかけ湯を沸かして茶を淹れた。

「お茶請けは変わり映えのしねえ干し柿っすけどね」

持参した小皿に盛り付けようとすると、

「羊羹はないのか」

茂三郎が注文をつけた。

「あるにはありますが――」

親方が先に寝てしまった時にでも、晃吉一人でこっそり食べようと思っていた、とっておきの羊羹であった。晃吉はまずは厚く切った羊羹の一口を頬張って飲み込んだ後、切り分けて親方に供した。茂三郎は菓子楊枝で羊羹を切り分けて口に運びながら珍しく長い話をした。

「羊羹は恒右衛門さんの好物でな、酒がまるっきしだったんだ」

そこで一度、言葉を切って茶を啜ると先を続けた。

「跡取りの恒一郎さんは掌中の玉のように可愛がられたせいか、世間知らず、怖いもの知らずで、ごろつきを友達にしてしまい、喧嘩で暴れて人足寄場行きになりかけた。しかし、恒右衛門さんの判断で上方の同業者に預けて自分たちと距離を置くと、それが幸いして真面目に主業の手ほどきを受けて励むようになった。小倉屋の身代が目減りしてしまったとはいえ、恒一郎さんが帰ってくる。さぞかし草葉の陰で恒右衛門さんは安堵していることだろう。わしは見届けるよう頼まれているような気もするのだ。これからもこのさざんか屋敷の幸福は続くだろうな？」

晃吉は茂三郎に最後の一言を自分に投げられたような気がしたが、

――そんなこと俺に言われたってさ――

どう応えていいかわからなかった。

二人とも黙ったままでいると、戸口が開いてお亀が立っていた。

「いいわねえ、それ」

お亀の目はまだ残っている羊羹を見つめている。

「まあ、お口汚しにどうぞ。晃吉、茶を淹れろ」

茂三郎の指示で晃吉は羊羹をお亀のために切り分けて薬缶を七輪にかけ直した。

「悪いわねえ」

お亀は弾んだ声で礼を言うと羊羹と茶を堪能しつつ、

「布団の他は暖を取る薪がやっとだったのよ。なにぶんお奈津さんがやかまし屋でねえ。あれ駄目、これ駄目とうるさいもんだから」

目を伏せたままで言った。

「それにしては呉服屋やなんかが出入りしてるのを見ましたよ」

晃吉は訊いてみずにはいられなかった。

「あれは千代乃さんのところへだから」

　お亀は応え、

「そうさね」

　何と茂三郎まで相づちを打った。

「さざんか屋敷ならではの商いが成り立つのは千代乃さんに人気があるからよ。特別な誰かとどうってわけじゃありゃしないけど、あの様子、どんな偉い男もお大尽もその連れ合いなんかの女の人たちも、男女に関わりなく、ぐっと来るんだろうと思うね。まるで変わらない花のような風情だもの。それをお奈津さんもわかっていて、千代乃さんにだけは旦那様が生きていた頃のように好きに装わせてる。その分、奉公人の手当や日々の食べ物までも引き締めにかかってるのよ」

「それ、千代乃さんと先代との約束と関わってません？」

　晃吉にも茂三郎が言っていたことの見当がついてきた。

「千代乃さんが花のように装い続けさえすれば、さざんか屋敷と小倉屋の運は保てるって先代が言い遺したっていう話、お奈津さんから聞いた」

　お亀はそう告げた後、

「ちょっとおしゃべりが過ぎたね。この話、お奈津さんには内緒にしてくださいよ」

　と言って背中を向けかけて、

「そうそう、今日の夕餉はどうしたもんかと悩んでるんだ。お奈津さんが年忘れや新年においでになるお客様用のためだから、荒巻鮭や青物やお豆、数の子、昆布巻き、蒲鉾、干し魚なんかには一切手を付けちゃいけないって言うもんだから――実は厨には何もないんです」

　助けをもとめるような顔で振り返った。

「晃吉に任せてやってください」

　と茂三郎は言い切り、

「ちゃーんとお役に立ってくるんだぞ」と晃吉に念押しした。

　お亀に連れられて行くと、厨にはさまざまな食材が溢れ、上質な下り酒の樽も積まれている。

「亡くなった旦那様はたいした食道楽だったから、珍しいもんを次々取り寄せて、ご指示でお作りするのが張り合いだった。それが今じゃ、そこそこの料理はお客さんの御膳のためだけ、日々の膳はなるべくつましくなんてことになってる」

お亀は心細げに訴えた。

「俺と逆ですね。俺なんか一応植茂の賄い任されてるんですけど、お亀さんと違ってどーんとした頂きもののたとえば鯛なんて来ると、慣れてないからどうしていいか、おろおろしちゃうんですよね。だから飯の他は何もないっていうのにも慣れてます。俺に任せてください、何とかなります」

こうして晃吉は初日の夕餉を手伝うことになった。米の他に醬油や味噌、塩、鰹節、昆布、料理用の酒、海苔、梅干し、沢庵、萎(しな)びかけた柚子等は使用を許されている。まずは鰹節を削ったおかかの一部で鰹出汁をひき、昆布で昆布出汁を作った。

「飯に混ぜるおかかと焼き海苔をたっぷりと。菜と飯が一緒のおかか丼です」

鰹出汁と昆布出汁に薄口醬油、料理用の酒を加え、たっぷりのおかか、炙って揉(も)んだ焼き海苔を炊き立ての飯に混ぜ込むとおかか丼ができあがった。

「これに焼いてほぐした塩鮭を載せると最高なんすけどね」

と晃吉が言うと、

「せめてもいい丼を探すよ」

お亀は萩焼の丼を探し出して盛り付けた。

「汁代わりにほうじ茶汁も付けましょうや」

これは一度出汁をとった昆布で二番出汁を取り、その後の昆布を粗めの微塵切りにする。

「それはあたしに任せて」

お亀の微塵切りの腕前は見事であった。

「ついでに駄目になりかけてる柚子の皮を下ろすのではなく、やっぱり微塵に切って」

お亀は萩焼の丼に似合う鄙びた趣きのある塗り椀を探してくれた。これに微量の塩、昆布の二番出汁、微塵切りの昆布と柚子の皮を入れ、その上に熱いほうじ茶を注ぐと仕上がった。

「きっとまだ、夕庵先生もおいでなので先生の分も作ったよ」

お亀は晃吉の知らない名を口にした。

「夕庵先生って？」

「まだ言ってなかったね。千代乃さんのかかりつけのお医者の篠田夕庵先生。先代の旦那様の時からのおつきあい。お若いのに長崎においでになっていただけあって、なかなか名医だと旦那様はおっしゃってた」

「千代乃さん、どこか具合が悪いんですか？」

「今日はいろんな店の人たちがおいでだったんでお疲れが出るとわかっていて、往診をお願いしていたようだよ。千代乃さんも〝永遠天女〟とか〝花の精〟とか言われる見た目で、ここの看板になり続けているのは大変、気の疲れることなんだろうね」

「なるほどねえ」

こうして夕庵にも夕餉が運ばれたようだった。茂三郎の咳込みがひどくなっていることに気づいた晃吉は、おかか丼とほうじ茶汁を部屋まで運んで食した。丼と椀を厨へ返しに行く途中の廊下で会った十徳姿の夕庵は、年齢の頃はおそらく晃吉とそう変わりはないものの、がっちりした身体つきの落ち着いて老成した雰囲気の持ち主であった。

4

翌早朝、晃吉が目を覚ましてみると茂三郎の姿がない。すぐに飛び起きて、

「親方あ、親方あ」

叫び続けて庭を探し廻った。

すると、

「ここだ、ここだ」

ごく薄い桃色の花弁に刷毛を使ったようなやや濃いめの桃色の縁が際立っているさざんかの茂みの方から声が上がった。このさざんかは〝東雲（しののめ）〟と名づけられていて、芳香のある大輪のさざんかであった。

駆け付けると茂三郎が蹲（うずくま）っていた。右肩から血が流れ出ている。

「どうなすったんです？」

「〝東雲〟があんまり見事なもんだから見惚れてたら、ちょいと、転んじまってね。石でも転がってたんだろう、運悪く弾みでのめって枯れ枝の茂みに倒れ込んで掠っ

てこのざまよ。大事はないが立とうとするとくらくらしていけねえ」

　晃吉は急いで助け起こして、

「乗ってください」

　背中を向けた。

「世話になるしかねえようだ」

　観念して茂三郎は晃吉におぶさった。背中の茂三郎は息が荒い。

「親方、相当具合が悪いはずっすよ」

　部屋へと戻った晃吉は、持参の晒し木綿を裂いて茂三郎の傷の手当をした。

　──親方は転んだ弾みで枯れ枝にやられたって言ってたが、これはそんなもんの傷じゃやねえ。鋭い刃物の切先に抉られてる──

　晃吉がそこを問い詰めなかったのは、一度言い出したら引かない茂三郎の気性を承知してのこともあったが、立ち上がれなかった理由が風邪による高熱のせいだと察したからであった。

　茂三郎を寝かせた晃吉は冷水で絞った手拭をその額に載せて取り替え続けた。六ツ（午前六時頃）になるとお亀が麦飯に納豆汁、梅干しの朝餉を部屋の前まで運んでくれた。

茂三郎が寝床から立ち上がろうとしたが、身体がぐらっと傾きかけて座り込む。

まだまだ熱は下がらず息が荒い。

「仕事は無理ですよ」

晃吉は説得にかかった。

「仕事ではない、通さなければならない義理だ」

「気持ちはわかりますが無理です」

「いや」

茂三郎は頑固であった。

「仕事、庭──」

まだ呟いている。

「そんなに気になるんなら、花恵お嬢さんに来てもらったらどうです？　お嬢さんと俺となら、何とか親方の指図でここの仕事をこなせます」

「花恵を呼ぶのか──」

茂三郎は判断がつきかねていた。

「お嬢さんがいれば百人力ですよ」

〝親方の風邪だってきっと吹き飛んじまいますよ〟という言葉はもちろん晃吉は呑み込んだ。

「茂三郎さん、どうだい？」

お亀が膳を下げにきた。晃吉が事情を説明すると、

「そりゃあ、たいへんだ。すぐに行ってそのお嬢さんとやらを連れてきてやっとくれ。茂三郎さん、年寄りの冷や水はいけないよ。老いては子に従えなんて言うしね」

お亀に諭された茂三郎は寝がえりを打つふりをして横を向いてしまった。

「親方、このままにして大丈夫ですかね？」

晃吉に耳打ちされたお亀は、

「そんなら千代乃さんに言って、夕庵先生をすぐにお呼びするから心配しないで」

小声で請け合ってくれた。

5

　こうして晃吉は大八車を借りて、さざんか屋敷を出ると花仙に向かった。ちょうど冬の陽が頭上近くまでのぼったところで、花恵は寒椿の鉢の手入れに余念がなかった。寒椿は実は椿ではなくさざんかの種である。椿との自然交配種で真冬に咲き、枝は横に広がる〝獅子頭〟を元に、数多くの寒椿が生まれたとされている。白、薄桃色、濃桃色、紅色、縁取り、ぼかし等の色合いと一重、八重の咲き方も秋から冬中咲く従来のさざんかと変わらない。人気なのは寒中に咲き誇るからであった。

「お嬢さん」

　息を切らして大八車で乗り込んできた晃吉の只ならない様子に、

「どうしたの？」

　花恵は緊張した。

「親方が――親方が大変なんすよ」

「まあ落ち着いて」

花恵が水を汲みに井戸に走ろうとすると、

「そんなのどうでもいいから、すぐ俺と一緒に着替えを持って来てください」

「どういうこと？　まさか、おとっつぁん急に――」

花恵は蒼白になった。

「違います、違います」

そこでやっと昇吉はさざんか屋敷と茂三郎の病状を話しはじめた。ただし茂三郎が早朝のさざんか屋敷の庭で襲われた話はしなかった。

――親方に確かめてないし、話したら、お嬢さんの心配事が増えちまう――

「風邪は万病の元っていうし、親方は熱が出てます。それなのにこの分だとちょっとよくなったら無理して仕事をしちまいますよ。親方にもしものことがあったら
――俺――」

昇吉の声が詰まった。

「誰も昇吉のせいになんかしないわよ」

「そういうことじゃなくて」

「わかった、さざんか屋敷に行くわ。行っておとっつぁんのうるさい指図で庭仕事

をやり遂げる。そうすりゃ、おとっつぁんも寝て養生しててくれるってわけでしょ」

花恵の言葉に、

「ありがとうございます」

晃吉は頭を垂れた。

「親方の風邪はお嬢さんの顔さえ見ればきっと治るのが早いっす。だからこれで一っ走りしてお連れしようと。どうか乗ってください」

晃吉は有無を言わせぬ口調になった。こうして花恵は大八車でさざんか屋敷へと向かった。


部屋にはちょうど夕庵が往診に訪れ、眠っている茂三郎の横にいた。

「娘の花恵です。父がお世話になります」

花恵の挨拶は眠っている茂三郎に駆け寄った後になった。

「一刻（二時間）ほど前に煎じた風邪の薬を飲んでいただきました。こうして経過を見せていただいていますが、熱も下がってきていてもう心配はありません」

「まあ、そんなに長い時をここで父を診ていただいていたなんて――」

花恵は夕庵の前に茶が運ばれていることに気がついた。

「娘さんが来られるまで付き添うようにとの千代乃様のご指示に従いました。もう大丈夫でしょう」

夕庵が煎じ薬の説明をして立ち上がったと同時に、戸口からお亀が入ってきた。

慌てて花恵が挨拶をすると、

「あんたが茂三郎さんの娘さんか。茂三郎さんに似ず別嬪だねえ」

などという愛想もそこそこに、

「恒一郎さんが一日早く、今日の晩、お帰りになるんだって。千代乃さんに文が届いたのよ」

お亀はうれしそうに笑った。

「恒一郎さんがここに戻ってくるのは祝い事だからって、真鯛を買っては来たんだけど、あのお奈津さんはみんなに行き渡るためにもう一尾余計に真鯛を買わせちゃくれない。鯛もどきで美味しい料理って、何かないかしら」

「もどきなら別に鯛でなくても、旬の魚で美味しければいいんじゃない？　たとえば今時分の鰆とかだったら安いし美味しいでしょ」

花恵は思いつきで助け船を出した。

「鰆の塩焼き丼ならこの時季よく作るからできますよ」

晃吉はこれを受けて言い切った。

「それがいいよ」

お亀は興奮気味に同調して、この日の皆の夕餉が決まった。晃吉の話では鰆の塩焼き丼は、昆布出汁と酒の調味で炊き上げたご飯に独特の風味の高菜漬けの微塵切りを混ぜ込み、一塩して焼き上げた鰆の切り身を載せたものであった。

この日の夕餉は大広間での宴になった。といっても床の間を背にして上座に恒一郎と千代乃の膳が並んでいて、やや離れた上座にお奈津の席が設けられた。向かい合って夕庵の席も設えようとしていたが、急なことで夕庵には先客があっていなかった。

たった三人きりでは寂しすぎるからと、千代乃がお亀と茂三郎たち三人を招くことを提案した。お奈津は渋々遥か下座に四人が連なってもいいと許したが、体調がすぐれない茂三郎は遠慮した。

「夕庵先生から伺いましたがご心配ですね。わたしどものところへおいでいただいてこんなことになるなんて。まことに申しわけございません」

千代乃は花恵に向けて詫びた。

千代乃と初めて顔を合わせた花恵は、

——噂にたがわず年齢不詳の美しさ、気品の高さだけれど心の深くに積もった澱のような疲れは隠せない。だからすぐに人疲れして病むのね。果たしてこの女に自分のために生きている部分があるのかしら?——

ある種の痛ましさを禁じえなかった。

花恵は晃吉とともに厨でお亀を手伝った。

「いいね、いいね。お屋敷に活気が戻ってくるような気がして」

お亀がやたらはしゃいでいると、

「よおっ」

勝手口から若い男がぬっと顔を出した。

「若旦那様、恒一郎様」

お亀が駆け寄った。

「元気だったか、お亀」

恒一郎に肩を抱かれると、

「あたしゃ、毎日お帰りを待ってましたよ」

お亀は涙声になった。

「おっ、御馳走だ」

恒一郎は塩焼きにされる大鯛をちらと見て顔を綻ばせた。恒一郎は二十四、五歳になっているはずなのだが、笑うと少年のように清らかな表情になってまるで邪気がない。

「この人たちは？」

恒一郎に訊かれたお亀は、

「庭仕事も兼ねた手伝いですよ」

意外にも突き放したような言い方をした。

――銭で雇われてねえって。先代への義理立てだって――

思わず晃吉と花恵は目と目で反発した。

「へえ、そうなの。それじゃ、これから久々の我が家の庭を、一回りしてくるのにもつきあってもらおうかな。さざんかの綺麗な時に戻ってきたんだからさ、さざんかたちにも挨拶してやんないと」

恒一郎はじっと花恵の方を見た。

「それならあたしがお伴いたしますよ」

お亀は言ったが、

「どうせなら庭仕事に通じてる人がいいな」

恒一郎の言葉に、

「俺がやります」

晃吉が花恵の前に出た。

「あ、でも、どっちかっていうと女の人の方がいい。せっかくなつかしいさざんかの花を愛でるんだから」

童顔のまま笑う恒一郎は、頑(かたく)なだった。

「お供いたします」

花恵は渋々、晃吉の前に出て恒一郎との距離を縮めた。こうして花恵は恒一郎とさざんか屋敷の午後の庭を散策することになった。

「お亀や晃吉さん、気を悪くしたかな」

　恒一郎が独り言ちた。

　――その手の心遣いの気持ちはあったのね――

「あ、ヒヨドリだ」

　恒一郎の目が輝いた。ピピッというさえずりが聞こえる。灰色で尾が長く雀の倍ほどもある大きさのこの鳥はさざんかの花の蜜が大好物であった。細くて長いくちばしをさざんかの花の中に差し込んで蜜を吸っている。恒一郎はヒヨドリが蜜を吸いつつもさざんかの花弁を散らしていく様子に眉をひそめた。

「蜜吸いのために花粉をつけて飛び回るヒヨドリがいてくれるから、さざんかは受粉できるんですよ。命をつなぐことができる。ヒヨドリを待って花弁を散らすのは次の命のためでもあるんです」

　花恵は知らずと説明していた。

「そうは言っても、ほとんどのさざんかはさし木で増えるって聞いたよ。だとしたらヒヨドリの受粉とやらも不要さ。煩わしくて忌まわしいだけじゃないか」

　強い口調で反論してきて、その場に花恵を置いてすたすたと歩きはじめた。

そんな恒一郎ではあったが宴の席に座った時には打って変わった機嫌の良さで、〝母様、母様〟としきりに千代乃に話しかけて鯛を肴に盃を重ねた。

「何年も離れておいでだったからねえ」

お亀は袖で目を拭い続けたが、

――見た目だけじゃなしにまだ心も子どもなのね。上方での修業、たいして厳しくなかったのかも――

花恵は複雑な気持ちで鰆の塩焼き丼を口に運んだ。この日は特別だとお奈津が断って菓子が出た。長瀬屋のカステーラである。

「恒一郎さんの大好物ですから」

切り分けて各々の皿に置いたのはお奈津だった。

「ありがとう。よくわたしの好きなものを覚えていてくれましたね、感激です」

恒一郎はきらきらと目を輝かせた。

「長瀬屋のカステーラは大奥御用達のお品。ここへ来て初めて感じた役得――」

晃吉が花恵の耳元で囁いた。

「茶は珍しいものを上方からの土産にしました。わたしの好きなカステーラにぴったり合うんです」

恒一郎が指示してお亀が紅茶なるものを淹れた。カステーラはふわりと甘く卵の風味がたまらない。勝手に一同の菓子楊枝と舌が忙しく動いた。ここまでは愉悦の時だった。

凶事はこの後すぐ起きた。カステーラを菓子楊枝で口に運び、白磁の茶碗から紅茶を啜った恒一郎が突然、うううっと腹を押さえてのたうち回ったのである。

「恒一郎、恒一郎、どうしたの？　恒一郎」

真っ青になった千代乃は絞り出すような声を出した。

「若旦那様」

お亀はおろおろとするばかりで駆け寄ることもできない。

「恒一郎さん」

咄嗟に花恵は上座に近寄り、苦しんでいる恒一郎の背中をさすった。

――たしか悪いものを食べた後はこうして吐き出させるに限るって、いつか職人たちが食中(あた)りした時介抱したおっかさんが言ってた――

恒一郎はほどなく畳の上に吐瀉(としゃ)すると気を失った。

「花恵さん、よくもあんた若旦那様を」

お亀が責め立ててきた。

「いいえ、恒一郎さんは亡くなってなぞいません。悪いものを吐き出した後気を失っているだけです。でもまだ治療はしなければならないので、すぐに夕庵先生を呼んでください」

「夕庵先生、夕庵先生を」

千代乃はその名を繰り返すばかりでへたり込んだままでいる。

「場所を教えてくれれば俺が伝えに行きますよ」

晃吉が買って出た。

6

晃吉は夕庵の家へ到着すると、夕庵は寄合に出かけたと聞かされ、その場所を教えてもらい、再び走った。

「さざんか屋敷の千代乃様からの使いの者です。カステーラを食べた恒一郎さんが大変なことになっていると夕庵先生にお伝えください」

玄関に出てきた者に伝えると、夕庵はすぐに奥から出てきた。

「わたしは先にお屋敷に行きます。あなたは薬籠を取りに行って追いかけてきてください」

そう晃吉に告げて〝食または毒による急患〟とある走り書きを渡した。

言われた通りに動いて薬籠を手にした晃吉は、奇しくも夢幻の屋敷の前を通ることに気がついた。頭の中を夕庵の走り書きがぐるぐる繰り返し廻っていて離れない。

――カステーラに毒が仕込まれていたのなら、恒一郎さんも襲われたことに、親方が怪我したことにも関係があるのでは――。だとしたら是非とも夢幻先生の力が要る。癪(しゃく)だがこんな時はあの男(ひと)しか頼りにならない――

急いで手控帖に以下のように書き綴って細長く折り畳むと、忍冬(すいかずら)の垣根の目立つ場所に結んでおいた。

夢幻様
さざんか屋敷で早朝親方が刃物で襲われ肩先負傷。修業から戻ってきた一人息子

がカステーラで、篠原夕庵先生言うところの〝食または毒による急患〟になっちまった

晃吉

晃吉はさざんか屋敷に戻って恒一郎が臥している部屋へ急いだ。

「ご苦労様です」

夕庵が労って薬籠を受け取った。

「吐き出させる処置が早かったので順調に恢復していますが、念のため荒れた胃の腑をいたわる薬を煎じてお飲みいただきましょう」

夕庵はそばにいる花恵に向かって僅かに微笑んだ。そうこうしているうちに恒一郎は気が戻った。片手を伸ばすと、

「ありがとう」

礼を言いながら花恵の膝に置かれた手に自分の掌を重ねた。

「あなたは命の恩人です」

恒一郎は眩しそうに花恵を見た。

「そんな――、当たり前のことをしただけですから」

花恵は重ねられた掌から逃れようと、

「千代乃様にお知らせしてきます」

そう言うと自分の手首から握られている恒一郎の手を離して立ち上がった。


翌日になって、花恵と晃吉は早朝から茂三郎の指示で庭の大掃除を始めた。枯れたさざんかの花弁を取り除きながら、〃虹のように美しい〃と称されている、綺麗な花弁だけを残して地面を掃き清めるのである。落ち葉を掃き集めて焚火で燃やすのとは異なるのでなかなか手間と時がかかる仕事であった。

「中庭の敷松葉もあるんだから、ぼやぼやせずにさっさとやるように」

微熱の引かない茂三郎は寝ているのがもどかしいせいか、小言が多かった。

するとそこへ、

「大変、大変、大変」

お亀が走ってきた。

「今日、静原夢幻先生がおいでになって、新年のためにとさざんかを活けてくださるんだってさ。こりゃあ、凄いねえ。さざんか屋敷はさらに名が知れて商いもぐんと勢いが増すことだろうさ」

聞いた晃吉は、

――やはり――

常になく安堵した。

――親方の時も恒一郎さんの時も一歩間違えれば殺されてたんだから。下手人はこの家族の中にいるかもしれない。疑いたかあないけど――

晃吉はお奈津を疑っていた。

――カステーラを出したのはあの女だったし、恒一郎さんが若旦那におさまったら、何かとあの女もやりにくいだろうから。千代乃さんは母親だし、お亀は恒一郎さん一筋。動機があるのはお奈津しかいない。ここんとこ冴えてるぞ、俺。

この分だと夢幻先生とも張り合えるかも――

調子に乗りやすいのが晃吉の難であった。

「夢幻先生のような高名なお方がおいでになるのなら、是非とも茶室のある中庭に敷松葉を。そちらの方を先にお願いできませんか？」

花恵は千代乃に頼まれた。一時、幽鬼のようだった千代乃も恒一郎が恢復し、夢幻が訪れると聞いて別人のように生気を取り戻していた。

「先生には新年を迎えるのと同じ気持ちでお会いしたいんです」

はにかんだように俯(うつむ)いて頰を染めた。

──これがきっと〝永遠の天女〟の謂(いわ)れなのね──

感心と微かな不安を花恵は覚えた。

一方、お奈津は変わらず人使いが荒く、

「枯れてる花弁はどれだろうなんて目を凝らすお客さんなんていませんよ。そんなもの、ざっとやってさっさと終わらせてくだされぱいいんです。敷松葉だってそんなに大事じゃありません。うちへ来るお客さん方はさざんかの花が目当てで、侘びた趣きなんてもとめちゃいないんですから。でも、まあ、こっちの方は千代乃さんに免じてお願いしますよ。敷松葉は茶の湯が好きだった伯父の趣味だったそうですから。一番大事なのは茂三郎さんだってわかっておられます」

と言い放った。こうして花恵と晃吉はとりあえず二手に分かれた。早速花恵が敷松葉のために赤葉となった松葉を集めにかかろうとすると、

「そんなことしてたら日が暮れちまう。赤松葉なら道具小屋の隣の納屋に箱詰めさ

れてるよ」

お亀が教えてくれた。

花恵は何箱もの箱を中庭へと運ぶと葉先を揃えて敷き込んでいく。敷き終えると初冬の陽を浴びて茶褐色の覆いが浮かび上がる。庭の常緑やさざんかの花色との対比が美しい。思わぬ侘びた風情が味わい深い。

敷松葉は初冬に霜よけのための実用性から趣きを添えるための目的へと転じた。敷松葉は茶室からの庭の眺めに欠かせないものとして好む茶人も少なくなかった。時折茂三郎が請け負っているのを聞いたことはあって、やり方はおおよそ心得ていたが、こうして自分の手で敷き詰めたのは初めてであった。

──茶の湯の決まり事では霜月の炉開きにまでは敷き詰め終えて、春の炉塞ぎには全部取り除くことになっているはず。源次さんが辞めてしまったんで間に合わなかったのね。それを知ってたおとっつぁんはさぞかし気がかりだったでしょうね──

仕上げてひとまず安堵した花恵だった。

昼を過ぎた頃に訪れた夢幻は千代乃への挨拶もそこそこにさざんか屋敷を廻って、活け花にする枝つきのさざんかの花を探しつつ、

「花よりも枝ですので説明は不要、案内にはおよびません」

千代乃を断って一人で散策した。こうして客間の床の間に新年を迎える花が活けられた。夢幻はギヤマンであるだけではなく、見慣れない小さな扇が連なっている刻み模様のある花瓶を持参してきていた。形はよくある広口の徳利形である。

「可憐ではかなげなさざんかの花が美しいのはありきたりですので、力強さを表してみたいと思いました」

――それで花よりも枝だったのね――

花瓶には夢幻が探し抜いた挙句これと決めたさざんかの枝が高く屹立(きつりつ)している。たしかに如何(いか)にも力強かった。

夢幻が活けると、屹立しているさざんかの枝先が緩やかに湾曲していて、風に吹かれてなびいているかのように付いている葉が何とも個性的なのだ。

――風が床の間とさざんかの上に吹いているようだわ――

もっともさざんかの花は花瓶の口に近づくにつれて絢爛たるものとなる。太く見

せている葉付きが変わった大枝の下方には、枝付きで大輪の〝東雲〟の薄桃色、同じく大輪の〝雪月花〟の純白、純白ながら小さめの〝雪山〟が初々しい。そして白い花弁の縁の各々異なるぼかしが楽しい〝明月〟と〝鳴海潟（なるみがた）〟には遊び心がある。縁が波打つ大輪の〝七福神〟は変わり美人の風があり、花弁の皺や切り込みの妙が持ち味の〝旭の海〟、紅色の濃淡の地が濃い紅色で縁どられている半八重咲きの大輪〝舞の袖〟も同様であった。それでいてやはり最後は古い伝統のさざんかである朱紅色の〝根岸紅〟に目が吸い寄せられる。まさに夢のように美しい花の煙が横にではなく縦にたなびいているかのようだった。

「江戸の正月ですから、江戸で生まれたさざんかだけを活けてみました」

「素晴らしいですわ。年忘れの会や新年においでになる方々もお喜びになられることでしょう」

千代乃がうれしそうに微笑むと、

「あなたが説明されるのなら皆さん、江戸さざんかを愛でるがごとく聞き惚れることでしょう」

夢幻はさらりと言ってのけた。

――こういうこと、夢幻先生が言うとどうして嫌味にならないのかしら？――

と花恵は思ったが、不思議なことに自分にも言ってほしいとは思わなかった。

7

千代乃に活け花を見せ終わって一息ついたところで、夢幻は花恵と百花繚乱のさざんかの茂みを眺めながら門へと歩いていく。

「晃吉さんからの文に若旦那の恒一郎さんが難儀した旨が書かれていた。医者を呼ぶほどであったとか――。茂三郎さんも怪我をされたようだ」

夢幻の言葉に、

――そんなの聞いてない――

一瞬花恵は顔を強ばらせた。

「おとっつぁんは無理をして風邪をこじらせたのだとばかり――」

「あなたが案じすぎるゆえ、心遣いで晃吉さんは秘していたのでしょう」

恒一郎の方は自分が介抱したので間違いないが、茂三郎の方は何も聞かされていないだけに半信半疑だった。

「晃吉さんがあなたに疑われるのは気の毒だ」

夢幻は前後左右を素早く見廻してから門へ続く道を曲がった。花恵も倣う。

——どこへ行かれるのだろう——

夢幻の足は道具小屋の前で止まった。戸を開けて中へと入る動作は、迅速かつ警戒の極みだった。入った夢幻は鍬（くわ）や鋤（すき）、鉈（なた）等、庭仕事に用いられる刃のついた道具に目を凝らし続けた。

「これだな」

夢幻は並んでいた鍬の一つを手にした。

「刃先に僅かだが血の痕がある」

「もしかしてこれがおとっつぁんを——」

花恵は鍬の大きな刃先を見て震えが来た。

「そういうことだ。鍬を力いっぱい急所に振り下ろされでもしたら一たまりもない。身の軽い機敏な植木職の茂三郎さんだからこそ、何とか大事にならずに避けられたのだろう。一つ間違えば殺されていた」

「でも何のためにおとっつぁんが？　おとっつぁんはただ頼まれて義理を果たしにここへ来ただけなんですよ」

「それがわからないから晃吉さんも不安になったのだろうな。恒一郎さんも苦しんだそうだが、吐き出させたのはたいした手柄だ」

花恵は褒められてうれしかったが、

「咄嗟に身体が動いたまでのことです」

さりげなく応えた。

「その時居合わせた者たちの様子は？」

夢幻に訊かれたものの、花恵はまるで覚えていなかった。

「茂三郎さんを襲い、恒一郎さんを毒死させようとした下手人は、この屋敷の中にいるはずだ。狙いは茂三郎さんなのだから道具小屋から借りてそれを元に戻しておけば始末することもなければ、気がつく者もいない」

花恵は急に恐ろしくなった。

「それに、ここの主治医の篠原夕庵は名の知れた医家の篠原家の養子だ。実母は夕霧という名の芸妓で、先代の小倉屋恒右衛門の馴染みだった。流行病で死んでいなければ妻に迎えていたであろうほど惚れ込んでいたようだ」

　夢幻は淡々と意外な事実を告げた。

　――そういえば――

　花恵は恒一郎と夕庵が似た顔立ちであることに思い至った。

　――夕庵さんも童顔ではあるのだけれどあの落ち着きぶりと十徳姿で今まで気がつかなかったわ。夕庵さんの実の父親が恒右衛門さんだとすれば、息子への想いで主治医にして近づけたのね。でも、千代乃さんはこのことを承知しているのかしら？――

「わたくしへの見送りがあまり長すぎると怪しまれる。下手人はこの屋敷に住んでいるか、中に通じている者に違いないのだから。戻りなさい」

　夢幻に急かされて花恵は戻ると、晃吉を人気のない離れの部屋に呼び出して夢幻の話を伝えた。

「ってことはあの夕庵先生も怪しいってことかい？」

　晃吉は驚愕した。

「でも表向きはここことは何の関わりもないんですよ」

「夕庵先生が先代の血を引いてるのは恒一郎さんと同じ。恒一郎さんがどうにかなっちゃったら夕庵先生にお医者を辞めてもらって、小倉屋の主になることもあり得るわ」

晃吉と花恵は大きく頷き合った。

この日が、花恵たちがさざんか屋敷で過ごす最後の日である。

「今日は恒一郎の全快を兼ねて、夢幻先生の立派な御作を夕庵先生にご覧いただきましょう」

千代乃が恒一郎の治療に訪れた夕庵を引き留めた。

「おかか丼じゃ粗末すぎるし、もう、何にしたらいいかわかんないわよぉ」

限られた予算でそこそこの夕餉を拵えなければならないお亀が苛立つと、

「そりゃあ、鰻卵とじ丼だろうさ」

晃吉は余裕でうそぶき、お亀はすぐに乗った。

鰻卵とじ丼は蒲焼丼とは異なる。薄いそぎ切りにした牛蒡はアク抜きして、酒、醤油、味醂を加えた米と一緒に炊き込んでおく。開いた鰻は濃口醤油、味醂でじっくりと焼き上げて一口大に切り優しい甘さの卵でとじる。これを牛蒡飯の上に載せて、色どりに茹でた小松菜を千切って飾り好みで粉山椒を振って供する。この料理は蒲焼丼ほど鰻の量が要らない。多人数で頭数分ない鰻の蒲焼を分け合い、堪能するにはこれが最適であった。滋味にも富んでいる。

——おとっつぁん、やっと熱が下がった。ずっとお粥ばかりだったけど今夜あたりはこれ、食べられるかも——

花恵が晃吉を手伝っていると、

「あ、花恵さん、若旦那様がお呼びですよ」

お亀が伝えてきた。途中廊下を通っていると言い合う声が聞こえてきた。

「あなたはこの家に入り込みすぎですよ。何か魂胆があるとしか思えません。あなたがさほど活け花などに興味があるとは思えませんし、今夜は何か理由を作って帰ってください」

甲高い(かんだか)お奈津の声だった。

「しかし、千代乃様直々にお誘いいただきましたので。それにわたしはあなたが思われているほど無粋ではありません。毎年、さざんかの咲く今頃はここを訪れて楽しませていただいております。静原夢幻先生の活け花にも興味がございます」

「また調子のいいことを言って――」

「恒一郎様はもうすっかりよろしいのですが、もしかの時に備えておいでください
という千代乃様のお言葉、重く受け止めております」

「まさか前のようなことが起きるとでも？」

「諦めの悪い下手人ならあり得ましょう」

「それが誰だというんです？」

お奈津が金切り声を出した時、部屋の障子が開いた。廊下へ出た夕庵は、

「しばらく庭のさざんかで心身を清めさせていただきます」

と言い置いて玄関へと向かった。花恵と目を合わせた時、僅かに微笑んだように
見えた。

「立ち聞きはどうかと思いますね」

花恵の前にお奈津が立ちはだかった。

「若旦那様に呼ばれまして」

花恵が応えると、

「まあ、あなたは恒一郎さんのお気に入りですものね。そういう形の玉の輿狙いだ

ってあるでしょうから」

お奈津は嘲笑(あざわら)った。

――玉の輿狙いだなんて――

ずっと以前、玉の輿に乗りかけて誹謗中傷の罠(わな)に落ち、破談にされたことのある花恵は一瞬頭の中が白くなった。花恵は無言で唇を固く噛みしめた。

「毒を入れたのがあなただとまでは言ってませんけどね」

さすがにお奈津はとりなす言葉を口にした。

「それではどなたの仕業なんですか?」

言い返すと気分が穏やかになった。

「そんなことより――」

今度はお奈津がより険しい顔になった。皺を刻んだ目尻の辺りに〝こんな植木職人風情の小娘に言い負けてなるものか〟という気迫が滲(にじ)み出ている。

「もう茂三郎さんもいいのでしょう?」

「ええ、まあ」

「だったら早く寒椿と福寿草の鉢植えを仕上げるように伝えなさい。どちらも新年に向けて人気の花鉢で最後の歳の市の華なんだから、鉢も土もたっぷり用意してある。しっかり沢山拵えてもらわなければ困ります」

――この女の頭にあるのは算盤だけなのね――

呆れた花恵はよほどこれは義理仕事で対価を得たことは一度もないと言いたかったが、

――それを言っては仕舞いね。おとっつぁんの誇りと気持ちに泥を塗ることになるもの――

必死に堪えて、ほうほうの体でその場を離れた。

8

恒一郎はもう臥せってはいなかった。布団は畳まれていて長火鉢で煎餅餅を焼いていた。

「お亀の手作りでこれなら心配ないって、このところお八つはこればかりなんだよ」

煎餅餅は薄く薄く伸ばした砂糖入りののし餅を天日干しにしたもので、網で焼くとぷーっとそこかしこが餅のように膨れる。これを篦(へら)で叩くなどして平らにしつつさらに焼くと、煎餅よりも柔らかで仄かに甘くさくさくした食感が楽しめる。

「おかげで煎餅餅の焼き方が上手くなったよ。どの煎餅餅がいい?」

訊かれて花恵は薄桃色の煎餅餅を指差した。煎餅餅は食紅や抹茶、海苔、胡麻、山梔子(くちなし)の実等で薄桃色、薄緑、黒、黄色に色づけることができる。もっとも風味の違いを味わえるのは海苔と胡麻ぐらいで、後は見た目の違いだけであった。

「あ、いいね。さざんかの花みたいで。さざんかに似ているのは母様だけじゃないものね」

恒一郎は花恵を見る目の端に光を流して微笑んだ。

——この男にこんな芸当ができただなんて——

花恵がやや警戒して無言を通していると、

「さっきの大声、ここまで聞こえてたよ」

恒一郎が切り出した。

「あの時のことは食中りなんかじゃないってわかってたんで、夕庵先生に訊いたんだよ。あれは何の毒だったんでしょうか？　って」

「先生は何と？」

「石見銀山鼠捕り、ヒ素酸だってはっきり言ってた。もっと強い阿片とかトリカブトだったりしたら吐く前に死んでたろうって。それと石見銀山鼠捕りならどこにでもあるだろうってさ。ぞっとする話じゃない？」

相づちをもとめられて、

「ええ、まあ」

花恵は曖昧に頷いた。

「もともとあのお奈津さんとはそりが合わなかったし、跡取りのわたしが目の上の瘤なんだろう。金食い虫の我儘息子はご免蒙るというところさ。こっちだってあんな行かず後家で高すぎる鼻が歩いたり、ものを言ったりして始終指図されたり、小言を言われたりするのはまっぴらさ。だけどあの女があそこまでしてわたしを除け者にしたいなんて思ってもみなかった」

恒一郎はすがりつくような目を花恵に向けた。

――身内に殺されかけたかもしれないっていうのはたしかに辛いでしょうね――

「お気持ちはわかります」

花恵は俯いて応えた。

「また、今夜もあんなことが起きるのだろうか？」

恒一郎の童顔が歪んで泣きそうになった。

「起きません。起きないようにしなければ」

花恵はこのままでは恒一郎の手を取って励ましてしまいそうだったので、立ち上がって部屋を出た。

その日の夕餉は何事も起きなかった。起こったのは夜半であった。

油障子を叩く音で花恵は目を覚ました。

「大変です。来てください」

お亀は蒼白で言葉はそれだけだった。

――また、恒一郎さんの身に――

気配に気づいて起きた晃吉がお亀の後に従った。お亀の足は恒一郎ではなく千代乃の部屋の前で止まった。

――そんなまさか――

お亀が障子を開けると千代乃が畳に倒れてこと切れていた。

「お亀さんがいくら待っても千代乃様からお召し替えの手伝いをせよとのお声が掛からず、どうかされたのではないかと案じて、部屋へと伺ってみたところ、このような有様だったそうです。わたしはすぐに駆け付けたのですが、すでに手の施しようもありませんでした」

泊まっていくよう勧められた夕庵が説明した。夕庵のそばには恒一郎がぽつんと座っている。花恵たちの方を見たが、

「きっと母様は眠っているだけだ」

その目は虚ろだった。

「何です？　何があったというんです？」

寝巻姿のお奈津が入ってきて、

「ま、まさか、こ、こんなことが」

悲鳴を上げた。

「惚(とぼ)けるな」

恒一郎の怒号がこだました。

「自分でやっておいてよくそんなことが言えるな。あんたが母様を、唯一無二の母様を殺したに決まってる」

立ち上がった恒一郎は、猛然とお奈津に向かって飛び掛かった。お奈津の島田の元結が外れて長い髪がばさっと垂れる。その髪を引っ摑んだ恒一郎は、

「こいつは鬼だ、夜叉(やしゃ)だ、成敗してくれる」

部屋の中を引きずり回そうとした。花恵とお亀が止めようとしたが撥(は)ね飛ばされた。夕庵と晃吉の二人掛かりで押さえ込まれた恒一郎は、

「うわーっ、うおーっ」

これ以上はないと思われる大声を出して泣いた。

「何かあったのですか?」

すでに病から癒えている茂三郎が部屋の前に立っていた。

「おとっつぁん」

思わず花恵が声を掛けて、

「千代乃様が亡くなられて」

お亀は声を詰まらせ、

「植茂っ」

恒一郎はお奈津の髪を放すと茂三郎に抱きついてきた。

「幼い恒一郎様になついていただき、こうして時には抱かせていただいていた植茂でございます。泊まりでお仕事に参ったというのに年齢には勝てず寝込んでしまう体たらく、その上こんな御不幸にまで見舞われたとは――返す返すも申しわけございませんでした」

茂三郎は目を瞬かせて頭を垂れた。

「見ての通り、母様は寿命で果てたのではない。夕餉を済ませ心地よく皆と歓談した後部屋に戻ってこのように死んだ。これはもう、わたしの命を狙ってカステーラに毒を入れた者の仕業だ。わたしで仕損じたので母様へ刃を向けたに違いない」

「何と言われようとわたしには身に覚えのないことですから」

お奈津は毅然と言い放った。

「身に覚えがあるかないかは別にして、わたしや母様がこの世にいなくなって得をするのはおまえだ。わたしたち親子がいなくなればおまえは母様がそうだったように、ここだけではなく小倉屋の女主になれる。いい加減、自分がやったと白状しろ」

　恒一郎はお奈津に迫った。

「身に覚えのないものはないんですよ」

　お奈津は言い切り、

「おまえっ、よくも」

　恒一郎はお奈津の胸倉を摑んだ。

「まあ、まあ」

　茂三郎が割って入って、

「そろそろ身体も戻ったのでお奈津様からのお言いつけをしなければと、裏庭の福寿草を見廻ったところ、こんなものに出会いました」

　袂から牡蠣(かき)の貝殻を一つ、また一つと五つほど出して見せた。

「牡蠣の殻はこれだけではありませんでしたが、水で洗うと土が綺麗に落ちて真新しいのはこの五つだけでした。これはどう見ても近々に、いえ昨日あたりに肥やしにされたものです。どなたか、見覚えはありませんか？」

「生牡蠣は母様の好物――」

恒一郎は反射的に応えた。

「千代乃さんの困った食い意地です。亡くなった旦那様も呆れておいででした。生牡蠣を食べて前に何度か中ったことがおありでした。それでも魚屋の勧める新しいというふれこみの生牡蠣には目がなくて――」

お亀は千代乃の生牡蠣好きについて語った。

「それでも魚屋の勧めを聞くのは千代乃様ではないはずですよ？」

花恵の指摘に、

「それは仕切っておられるお奈津さんです」

お亀は告げた。

「あなたが昨日、魚屋から生牡蠣をもとめて千代乃様に食べさせたんですね」

花恵はお奈津に念を押した。蒼白になったお奈津は、

「千代乃さんはこと生牡蠣のことになると堪え性がなかったんです。生牡蠣は中ると、吐き下したり、熱が出たりとかなり苦しいはずですが懲りない女でした〝ここのところ、とんと食べていない、そろそろ食べたい、食べなければ皆様に喜んでいただける振る舞いができない〟とまで、駄々をこねるので仕方なく――」

と言った。

「言い逃れだ」

恒一郎が言い放つと、夕庵が、

「生牡蠣の中りは激しい症状が高じて死ぬこともある怖いものです。けれども、生牡蠣の中りはこのように瞬時に絶命をもたらすものではありません。これはもっと強いもの、毒を用いてのものです」

説明した。

「生牡蠣の身に毒を染み込ませでもしたんだろうが——」

恒一郎はお奈津を睨み据えた。

「先生まで——」

お奈津はやや恨めしげに夕庵を見つめて肩を落とした。

そこで茂三郎は、

「とりあえず、番屋に報せて参ります。ここの詮議はお上にお任せするとして、とりあえずはお奈津様にはお部屋にお籠りいただいてはどうでしょうか？」

と言って晃吉に向けて顎をしゃくった。晃吉は恒一郎の耳元には、

「お亀さんを見張りにつけましょう」

と囁き、お亀に手を取られて部屋を出て行くお奈津には、

「これで御身は守られます」

そっと呟いた。

9

さざんか屋敷が再び静寂に包まれ、長屋へ戻った茂三郎は晃吉に今夜の騒動を夢幻に伝えるよう頼んだ。

「夢幻先生のところに寄ったあと、もう一つ頼みがある」

と茂三郎は話を続けた。

「元下働きの源次さんから便りを一度貰ったことがあって、どうもそれが気がかりで仕方ないんだ。両国の梅の木長屋と文にはあったから、ちょっと様子を見てきてくれないか」

晃吉は茂三郎の心配が手に取るようにわかった。

夢幻の屋敷へと走って辿り着いた晃吉の話を聞いた彦平は、

「おうおう、あのさざんか屋敷の千代乃さんが——酷(むご)い、酷いですなあ」

悲しみを露わにした。夢幻は話を聞くと、

「続いたか。下手人は前と同じ奴だ」

と強く断じた。

「千代乃さんの骸のある部屋が細工されて、証が真の下手人に消されてはならぬな。これは急がねば」

夢幻はすぐさま身支度をした。


夢幻の屋敷を出た晃吉が木戸近くで遊んでいる子どもたちに源次の名を告げると、

「ああ、あのさざんかおじさんならこっち側の一番端だよ。引っ越してきた時、中のお狐さんにってさざんかを植えてた」

住処を教えてくれた。源次は家にはおらず、長屋内にある屋根付きの神棚の前で瞑目(めいもく)して手を合わせていた。髷(まげ)の一部は白いものが目立つものの、小柄ながら日頃からよく働いて鍛えられた身体つきの持ち主であった。お狐さんの近くには濃桃色と白の馴染みのさざんかが咲いている。

「源次さん」

呼ばれた源次は当初当惑気味に晃吉を見たが、

「植茂の弟子の晃吉です」

名を告げると、安堵したような面持ちになった。

「何だかよくわからねえ届け物をしちまってね。茂三郎さんは迷惑だったろうって思ってたところだった」

「いいえ、そんなことありません。何で届け物をくださったのか、訊いてくるように言われました。何かお困りのことでもあるんじゃないかって、本来は親方が来るべきなんですが風邪をこじらせちゃって。さざんか屋敷へ仕事に伺ったっていうのに寝込んじゃってるんです」

「茂三郎さんらしい義理堅さだ」

源次は目を瞬かせた。

「まあ、入ってくんな」

源次は油障子を開けて中に招くと、

「何もかまえねえですまん」

　ほうじ茶を淹れてくれた。

「茂三郎さんについ、届けちまったのはこれなんだよ」

　行李から墨で描かれた絵を出してきて見せてくれた。描かれているのは対の雛で男雛女雛とものっぺらぼうであった。雪洞(ぼんぼり)の代わりに両脇は一輪挿しの花が活けられている。その花は一重咲きのさざんかの花付きに似ていないことはないものの、葉に菊やヨモギのような切れ込みがあって別種であることがわかる。

「こいつは絵を描くのが好きだった乙女が暇乞いをした時に俺にくれた。何でも好きな男と夫婦(めおと)になったら、二人の顔を男雛女雛に描くんだって言ってた。そうなったら必ず届けるって。俺はうれしかったね。実を言うと乙女は若い頃に先の約束もしないで、ふと知り合った女に産ませた俺の娘なんだ。母親が死んじまってるとなると不憫さが募ってなおさらで、親戚を盥回(たらい)しになって育った娘を探し続けてやっとさざんか屋敷で見つけたんだよ」

「父親だと打ち明けはしなかったんですね」

「畑に種を蒔いただけのその日暮らしのおやじが、どの面下げて父親だなんて名乗れるんだい？」

　源次は自嘲したが、

「だからさ、乙女が幸せになることをずっと祈ってた。でもなあ、心のどこかで案じてたよ。自分もそうだったが男の言うことなんてその場限りで当てになんてなりゃしねえもんだろ？　でもそのうちに女雛だけ乙女の顔が描かれた絵が届いた。その時俺はまださざんか屋敷にいたんでね。だがそれから半年たっても、男雛の顔も描かれて晴れて夫婦になったってえ、証の絵は届かなかった。俺は乙女が俺の娘がどうしているのか知りたくて矢も楯もたまらなくなった」

　晃吉は黙って聞いていた。

「だから、さざんか屋敷を辞めてここに移って、毎日市中を探し回り続けてる。乙女は子どもじゃねえんだから馬鹿みてえな話だが、迷子石まで当たってる。こんな父親でも恨まれることを覚悟で名乗ってたら、とことん困った時戻る場所になったのにとも思って悔やまれたよ。それで不安に押し潰されそうになっちまった時、茂三郎さんの顔が浮かんだんだ。茂三郎さんは誰に対しても思いやりのある心の広い人だから」

源次は顔をくしゃくしゃに歪めて洟を啜った。

「雪洞代わりの花は俺には見慣れねえもんだが、植木職の茂三郎さんなら知ってるかもしんねえ。それで女雛が描かれてる方を届けた。その後でわけのわかんねえことしたもんだと後悔した。まさかこんなに気にかけてくれてるとは思わなかった。有難(ありがて)えよ。有難くてもう――」

とうとう源次は両手で顔を覆ってしまい、晃吉はどう慰めていいのかわからずにいた。

「乙女はいい娘だったよ。親に似て頭の方はさっぱりどころか、多少足りなかったが人を疑うなんて心、これっぽっちも持ち合わせてなかった。苦労に汚れるんじゃなくて洗われてた。どこへ行っちまったんだよお、乙女よお。おとっつぁんは会いたいよお。生きててくれよお」

ひたすら泣きじゃくった。晃吉は、

「これを、持って行ってもいいかい？　乙女さん探しに役立つかも」

のっぺらぼうの対の雛が描かれている絵を指差した。源次は泣きながらも大きく頷いた。

晃吉は源次の長屋を辞して、夢幻がすでに到着しているはずのさざんか屋敷に急いだ。道中、源次から預かった紙に描かれた花が気になって仕方なかった。

——これは御禁制の花で熟しかけの実から阿片を採る〝ツガル〟。辛子の花と似てるんで芥子。芥子を使った薬は痛み止めとか、不眠とかにすごく効き目がいいけど、病みつきになると賭け事と同じかそれ以上で抜けられなくなって早死にしちまうんだと親方が言っていたっけ——

晃吉は一度も会ったことのない乙女への心配で胸がいっぱいだった。

——こういう手軽な絵を露店や芝神明の草紙屋なんかで売ってる奴に見せたら何かわかるかもしれない——

そう思った晃吉は、さざんか屋敷とは反対の方角へと折れた。

10

さざんか屋敷には千代乃の骸の周りに、夢幻、恒一郎、夕庵、茂三郎の四人が座っていた。お亀は廊下の前で籠らせているお奈津を見張っている。

花恵は茂三郎の後ろに控えていた。

「夢幻先生、あなたの才は活け花でしょう？　何も捕り物まがいのことをなさらずともよろしいのでは？」

恒一郎が童顔を笑いで満たした。その実、目は怜悧な光を放っていた。茂三郎が夢幻を呼んだのは自分だと断りを入れると、恒一郎はそれ以上何も言わなくなった。

「まずは夕庵先生にお訊ねしたい。千代乃様の死の因は何なのでしょうか？」

茂三郎が静かな声で訊いた。

「食べ物に混ざっていたのだとしたら恒一郎さんの時同様、石見銀山鼠捕りと思われます。ただしわたしたちも共に同じ夕餉をいただきましたし、恒一郎さんの時も皆さんカステーラを同時に召し上がっています。この辺りが解せません」

夕庵は率直な意見を口にし、

「おかしいですね。恒一郎さんは苦しみ出した後吐き出して命を奪われず、千代乃さんは人知れずこのように果てて見つけられたとは――。それと毒はカステーラに仕込まれていたのではなく、紅茶に入っていたのではないですか」

夢幻は指摘した。

「はっきりとはわかりません。ただ千代乃様の場合は、多量の石見銀山を飲まれたのだと。一人になっての覚悟の上の多量摂取なればこのような結末となりましょう」

夕庵の言葉に、

「まさか、先生は母様が自害をなさったと？　わたしがこうして戻ってきたというのに？」

恒一郎が目を剝いた。

「たしかに再会は喜んでおられましたが、小倉屋の主としてやって行けるかどうかは危惧しておいでした。大変な心労でこのところ眠り薬をとの催促が多く、このまま目覚めないでほしいと思うこともあるとわたしに打ち明けておられました」

夕庵は苦渋に満ちた表情で言った。

「どうして母様はそれをわたしに直(じか)に言ってくれなかったんでしょう？」

「千代乃様は心底恒一郎様がお可愛かったのです」

夕庵は諭すような優しい口調で言い添えた。

「すると千代乃様は毒だけを飲んだとおっしゃるんですね」

茂三郎が念を押すと、
夕庵は大きく頷いた。

「生牡蠣についてはどうなんですか？」

つい花恵も疑問を口にしていた。

「それはいつどこで召し上がったかによります」

夕庵は骸以外何も置かれていない畳の上にさっと目を走らせた。

「俺は母様が生牡蠣を食ってるのなんて見てないぞ。誰かがここの部屋に入る前の母様に食べさせたんだ。石見銀山は無味無臭。たっぷりかけりゃ、鼠じゃなくてもころっと死ぬだろうさ」

恒一郎は夕庵を、睨みして、

「あんたがお奈津と謀(はか)ったんじゃあないのかい？」

ずばりと言い放った。

「いいえ」

夕庵は首を横に振った。

「たしかにあんたとお奈津はよく言い合ってた。あれも芝居だったたってことだってある」

「違います。それに言い合いではなく見解の違いです」

　夕庵はあくまで落ち着いていた。すると夢幻が、口論が落ち着くのを待ったように切り出した。

「皆さん、ご自分たちの目で近くの畳の目を追ってください。茶色い変色箇所をどなたかの目が捉えるはずです。それからそれを見つけられた方は微かではありましょうが、その部分から臭気を感じるでしょう」

　夢幻が指示した。花恵と茂三郎はすぐに畳の上に腹這いになった。次に頭を傾げながら夕庵をはじめ全員が同じような姿勢になった。

「そんなもん、ありゃしないって」

　最初に腹這いを止めたのは恒一郎だった。花恵と茂三郎は並ぶ形で必死に目で追った。しかし、見つからない。二人は思わず顔を見合わせていた。

「ここですね」

　夕庵が見つけて、薬籠から天眼鏡を取り出した。

「これではっきり見えましょう」

夕庵はその天眼鏡を他の人たちに回した。茂三郎と花恵は〝ここ〟に近づいてもう一度腹這うと、

「ああ、たしかに」

「ほんとうだわ」

と確認した。

最後は恒一郎だったが、渋々頷いた挙句、

「これは、前に何かこぼしたままになってたんじゃねえの？」

と言った。

「いいえ、違います。独特の臭気が残っていますから。これは生阿片が入った汁の染みです」

夕庵は、きっぱりと答えた。

「おわかりいただけましたね」

夢幻は微笑んだ。

「しかし、不思議です。このような臭いものをどうして千代乃様が飲まれたのか――。これは自害ではあり得ません」

続けた夕庵の言葉に、

「自害じゃなかったとして、どうやってこいつを母様に飲ませたんだよ？　生阿片など飲ませられるわけないじゃないか」

恒一郎は猛然と反論した。聞いていた夢幻は悠揚迫らぬさまで語った。

「たしかに生阿片の苦みと臭気は相当なものです。一番の難物である苦みは、酢でいくらか誤魔化せます。先ほどお亀さんに聞きましたが、千代乃さんは生牡蠣に酢と柚子の汁と下ろした皮を合わせたタレをつけるのが大変お好きだったそうですね。このタレなら、生阿片が入っていても気づかずに食することができます。今回この柚子皮汁タレをお亀さんの手ほどきで作られたのはあなただそうですね、恒一郎さん」

夢幻は恒一郎を見据えた。

「たしかにお亀に訊いてタレを作りましたよ。苦労をかけた母様を少しでも喜ばせたかったからです。母様のところへ運んだのもこのわたしです。鰻があまり好きではない母様が、鰻卵とじ丼を残してしまっているのも知っていましたし。でも、それだけのことです。タレは作ったままにしておいたので誰が生阿片とやらを入れてもおかしくはありません。第一このわたしがたった一人の母様を手に掛けるなんて考えられないことじゃありませんか？」

恒一郎は目を怒らせつつも理路整然と話した。

11

するとそこへ、「只今戻りました」と晃吉が帰ってきた。重々しい雰囲気にたじろぎながら、晃吉は手短に源次と乙女の話をして、手にしていた白黒の絵を夢幻に渡した。

「雛の節供の頃、芝神明の草紙屋で盛んに売られていたものです。店主がさざんか屋敷の近くを歩いていたときに、すれちがった下働きの娘が落としていったのを拾ったそうですよ。版木を使って起こして塗り絵にしたもんだとか。その頃には江戸見物人や参勤交代の侍たちが、こぞって女の子への土産にと買って、たいした人気だったそうでさ」

晃吉の説明を聞き終えた花恵は、夢幻の絵を広げている手元を見た。

「絵の中であなたにお目にかかれるとは思ってはおりませんでした」

夢幻は恒一郎を見据えたままでいる。

「何なんです？　思わせぶりなその言い方は？」

恒一郎が立ち上がってその絵をひったくった。乙女と思われる女雛の隣に、恒一郎そっくりの目鼻立ちの男雛が描かれていた。塗り絵なので、着物や芥子の花等はすべて自由に色がつけられるように工夫されていた。

「なるほど」

恒一郎と並んで座っていた夕庵も気がついた。

「乙女さんが想い焦がれていた相手とはあなただったんですね」

恒一郎は歯噛みしたまま応えない。歪んだ童顔には怒気とも悔しさともつかない鬼気迫るものがあった。

「お亀さんの話では乙女さんは源次さんより前から、長くここに奉公していました。あなたが勘当されたのは恒右衛門さんの亡くなる前でしたね。あなたは小倉屋とこのさざんか屋敷を継ぐのは当然、自分をおいていないと思っていたことでしょう。そのためにはここで起きている事柄をつぶさに知る必要があって、乙女さんを利用していたのでは？　おそらく夕庵先生の出自も調べさせたんでしょう」

　夢幻の話を聞いていた夕庵も静かに口を開いた。

「先代との血の絆を隠していたつもりはありませんでしたが、長崎への遊学等、こちらには並々ならぬ御恩をいただいていて充分でしたので、あえて口にすることもないと思ってきました」

　夕庵の告白にも表情一つ変えない恒一郎に、全員の視線が注がれていた。

「恒一郎さんは心にもない言葉で、乙女さんを操り続けたのでしょう。恒右衛門さんが病に罹ればここが勝負とばかりに、勘当を許してもらえるよう働きかけでもしたのでは？　親なら我が子可愛さに、この絡繰り(からく)は見抜けなかったと思います。それとわかっていてあなたは世にも恐ろしく大胆な邪道に走りました。まずは乙女さんを殺して自分の企みの形跡を一切消し、本来の目的である母親を葬るために、あなたはここへ帰ってきたのです」

「はははは」

　恒一郎は歪んだ童顔のまま大笑いした。

「どうしてわたしが血を分けた母様を今、殺さなければならないんです？」

「それはあなたには親子の情よりも大事なものがあったからでしょう」

「この屋敷や小倉屋の身代ですか。そんなものはいずれはわたしのものになるはずで、母親を殺めても今すぐ手に入れる必要はありません」

「いずれでは間に合わない理由があったのでは？　奉行所が調べればわかることですが、あなたにはおそらく多額の借金があるはずです」

「こんなことなら、あの時源次も殺しておくんだった。いや、あんたらに見つけられる前でもよかったのに。これはとんだ失敗だな。ははは」

笑いを繰り返した恒一郎は、千代乃の部屋の縁側から縁先へと跳んだ。

「逃げるな」

追いかける晃吉に夢幻と花恵が続いた。意外にも恒一郎の逃げ足は速い。

「恒一郎さん、もうお止めください」

茂三郎が先回りしていて後ろには夕庵がいる。恒一郎は挟み撃ちにされようとしていた。異変はこの時に起こった。

「わははは。おまえを襲ったときに止めをさしておけばよかった」

恒一郎はさらに大きく口を開けて、茂三郎を見つめた。そして唇の端が裂けて血

が滲むほど笑うと、

「お亀ーっ」

これ以上はあり得ないと思われるほどの大声を発した。それは一瞬の出来事だった。どこに火種を隠し持っていたのかもわからなかったが、恒一郎の両袖が発火した。時節柄部屋の中も外も乾き切っている。火はみるみる恒一郎の全身を舐めるように包んで行く。

「うあーっ、ははは」

火だるまになった恒一郎がまっしぐらに進んだ先は茂三郎の背後にいた夕庵だった。

「一緒だぞぉー」

抱きつかれた夕庵の全身も燃え盛る火に包まれた。

「いかん」

茂三郎は屋敷内から煙が上がっていることに気がついた。お奈津の部屋がある辺りで、

「若旦那様ーっ」

お亀の絶叫が一声聞こえた後は、煙が炎に変わった。ほどなく火消しが駆けつけたものの、さざんか屋敷は夜通し燃え続けた。風が強く吹いて屋敷だけではなく、さざんかの茂みや裏手にあった寒椿、福寿草畑も残らず灰になった。花恵たちの目の前で焼死した恒一郎や夕庵の他に屋敷の中にいたお奈津とお亀、千代乃の骸も焼き尽くされるのに時間はかからなかった。

「もう少し早く番屋に届けていれば、大事には至らなかったのかもしれない」

夢幻をはじめ、茂三郎や花恵、そして晃吉も憔悴し切っていた。

「聞かせていただいたお話では、下手人を特定する証は寸前のところまでわからなかったのですから、致し方のないことのように思います。お奈津と篠原夕庵は巻き添えでしたが、お亀は恒一郎の悪事の手伝いをしていたようですし。それに下手人自らが焼死したのですから、その場所が人の集まるところでなかったのがせめてもの幸いです」

青木は恐縮した。屋敷の中にいた面々の亡骸（なきがら）は骨片だけになったが、

「夏場、常の年と比べて馬鹿に雑草が蔓延っていた場所が、どうしても気になるの

です」

茂三郎のこの指摘で掘り起こされた裏手の奥には乙女が殺されて埋められていた。

上方に問い合わせての調べによると、勘当された恒一郎が恒右衛門の知人の店で修業もどきをしていたのは一年ほどで、その後は江戸に戻っていた可能性が強いことがわかった。この間、恒一郎は上方と江戸とを乙女のために行き来しているふりをしつつ、一日でも早く小倉屋の身代を自由にしたいという企みを練っていたのである。

乙女は恒一郎との祝言を夢見て暇を取ってすぐ、待ち構えていた恒一郎に殺され夜半に埋められて骸が隠されたものと思われた。

乙女の死を告げられた源次は、

「自分がこの先、どうしたらいいか、わからせてくれたのは有難えよ」

花恵や晃吉に礼を言い、娘を葬った先の寺で寺男として働き、娘の供養に努めることとなった。

12

大晦日が近づいてさらに忙しさが増したある日の朝、さざんか屋敷に数百個の白侘助の花が投げ込まれているのが見つかった。

「また、あの白椿殺しか」

駆け付けた青木には大量のその白侘助がぐるりととぐろを巻いている邪悪な白蛇に見えた。眩暈(めまい)がするほどだった。この有様は奉行所全体を震撼させた。そこでもう一切誰も立ち入りができないよう高い柵が巡らされた日の夕刻、夢幻が珍しく花仙を訪ねてきた。

「いずれあなたも巻き込まれるかもしれないから、知っておいた方がいい。決してむずかしい顔をしないように。笑っていてくれ」

と前置きをする夢幻が珍しく、花恵は応える代わりに笑顔をつくった。

「そうそう」

安堵した様子で夢幻は話しはじめた。

「わたくしは今御老中首座の方より、阿片採りのための芥子栽培取り締まりの密命を受けているのだ。もとから阿片は助からぬ腫瘍患者の痛み止めや強壮薬に用いられている。ところが生阿片を一時の愉しみのために用いる風潮が広まりつつあって、国内で密かに広く芥子を栽培して阿片を採り、これを秘密裡に売りさばいて巨万の富を得ようとする卑劣な商いが頭を擡げてきている」

——それにはきっと芥子栽培と阿片採りの技が要るわ——

花恵は植木屋の娘らしく気を廻した。

「芥子は種からでないと育たない」

察した夢幻は、懐から袋を出して掌に数粒あけた。

「これは恒一郎と接した時、片袖から抜いたものだ。これを秋に蒔けば半年ほど後の初夏には開花する。花が枯れて数日すると、芥子坊主と呼ばれる独特の形の鶏卵、もしくは握りこぶし大の果実が実る。未熟果の表面に浅い傷をつけると阿片を含む白色、または淡紅色の乳液が浸出し、しばらくすると粘性を帯びて黒くなる。これを箆でかき集め乾燥させたものが生阿片なのだ。熟した実から飛び出す小さな種にはほとんど阿片は含まれていない。これは食用にもなるので、阿片を生む芥子とそうでないものの分別は難しく、お上の許可なき芥子栽培を禁止させるのはむずかしいのだ」

「当然植木屋も関わっているのでしょう？」

「植木職の中には闇の阿片栽培に手を染めている者たちも少なくない。だが植茂さんはわたくしと同じ立場だ。何とかしてこの阿片栽培を止めさせて、未曽有の危機を乗り越えようとしてくれている。この御法度犯しで、もっとも目立つ動きをするのは植木職だからだ。その後ろにはどれだけの悪が潜んで爪を研いでいることかはかりしれず、さざんか屋敷に投げ込まれた厖大な白侘助はわたくしへの挑戦状に等しい。この先、わたくしにはどれだけの難が降りかかることか——いずれあなたにも難は飛ぶかもしれぬぞ」

「かまいません」

花恵は頰を染めて笑い顔のまま応えた。見ている人がいたら恋を囁き合っている男女に見えたかもしれなかった。ただ二人の間にあるのは、大きな覚悟だった。夢幻は花恵の精一杯の笑顔を見て、力一杯抱きしめた。

大晦日の夜半、茂三郎は晃吉を呼んでいた。

「小倉屋の前に竹矢来が組まれてました。とうとう小倉屋は取り潰しになったそうですよ。まあ、あんなことがあった上、白椿殺しまで出てきちゃ、仕方がないんすかね」

晃吉は常と変わらない様子であった。

「今回のことはおまえにいろいろ助けられた。礼を言うぞ」

茂三郎は頭を下げた。

「えっ、えっ」

慌てた晃吉は、

「そ、そんな、親方らしくない」

危うく自分も頭を垂れてしまうところだった。

「ところでおまえを養子にして正式にここの跡取りにすることにした」

「だって、俺、まだ花恵お嬢さんには何も——。どうせ、駄目ですけどね」

「さざんか屋敷の空恐ろしい顚末(てんまつ)を目の当たりにして血への拘(こだわ)りは捨てた。だから
それとこれとは関わりがない。花恵は花恵、おまえはおまえだ。花恵と夫婦になる
おまえではなくおまえだけを見込んでのことだ」

「そうなりゃ、もっともっとおかしいっすよ。植茂には俺より技が上の兄貴分は何
人もいるんだし、俺なんて、俺なんて——」

晃吉の頭の中は真っ白になりかけていた。

「それは誰よりもわしがわかっている。たしかにその通りだ。だがおまえには技ではかれない良さがある。詮索好きで言葉もたいてい一言以上多いが、善良で嘘偽りのない素直な心とでもいうべきものかな。これこそ何ものにも代え難いと今回わかった」

「有難いとは思ってるんですが――」

晃吉は涙が出てきた。

「俺、そんなにまで褒められちゃうと正直気持ち重くなっちゃって」

「よしっ、おまえのその欠点は傍にいてわしが死ぬまでに正してやる。そうすれば何とかこの植茂の親方に恥じぬようになるだろう」

「ええ、でも――、俺、やっぱ親方にしてもらえなくても花恵お嬢さんとの方が。いいえ、養子にしてくれなくてもくれてもここにいます。親方が死ぬまで、俺生きてるようにします」

「相変わらず、余計な言葉が多いな」

「さあ、そろそろお寺の鐘も鳴りますよ。新年を祝いましょう」

「おまえと二人でか?」

「いつもそうじゃないですか」

「それもそうだ」

「支度してきまーす」

晃吉は朗らかに告げて、渾身(こんしん)の正月料理が拵えてある厨へと走った。

ごーん、ごーん、ごーん――。

除夜の鐘が鳴り始めた。

第三話　寒牡丹の誓い

1

年が明けると花仙は冬牡丹(ぼたん)をもとめる客が増えた。冬の花の代表は椿やさざんかで卯月から皐月にかけて咲き誇る牡丹ではない。牡丹は春の花であった。にもかかわらず、冬牡丹、寒牡丹と言われている冬咲きの牡丹がある。〝百花の王〟〝花王〟〝富貴草(ふうきそう)〟と称されている華やかな牡丹は、比べれば地味な寒椿より人気があった。

霜が降りたり雪が降ったりして厳しい寒さが続き、花の少ない冬の時期、大輪で真紅や濃桃色、紫等の色鮮やかな冬牡丹は見頃を迎える。もっともこの冬牡丹を育てるのは苦心が要る。草木は常緑でない限り、霜や雪を被れば枯れてしまうので、一株ごとに〝わらぼっち〟と言われる藁囲いをしなければならない。

藁を笠状に編んだものがわらぼっちである。従来は脱穀が終わった稲わらを保存するためにまとめて積み上げたもののことを指し、冬牡丹等の冬場の園芸に応用されてきた。

冬牡丹にわらぼっちが被せられた様子は、笠をかぶっているか、小さな家の中で守られているようでもあり、風情があって愛らしい。ちなみにわらぼっちは南側が開いていて、太陽の光を取り込めるようになっている。

このわらぼっちを被り、寒さに耐えて凛と佇む姿は人の人生の厳しさにも似ていて、まさに一級の冬の風物詩と言える。わらぼっちの外では雪がしんしんと積もり、中では真紅の牡丹が咲き誇る、その毅然とした姿と美しさには誰もが格別な想いを禁じえない。

——今日、明日で売り切れてしまうかも——

昨日は一日中雪だった。お貞は雪景色を模したお菓子を作ると意気込んでいたから、しばらく花仙には来ないだろう。寒い日が続いているせいか、風邪っぴきの患者が多く、医者の塚原千太郎と妹のお美乃のところも大忙しのようだった。花恵が残り少なくなった冬牡丹の各々のわらぼっちに積もった雪を払い除けていると、夢幻が入ってくるのが見えた。

「何か——」

花恵に思わず緊張が走った。

「慈幸和尚が殺された」

夢幻はやや興奮気味に告げた。明雲寺は夢幻がかつて、住職の慈幸のもと、仏典の修業を積んだところであった。

「源次さんは？」

花恵は咄嗟に訊いた。

慈幸のところならと乙女の亡骸を弔って、源次を寺男に推したのは夢幻であった。

「これから立ち寄るが、その前に番屋で慈幸和尚に会ってくる」

「ご一緒します」

夢幻の悲痛な様子を見ていられず、すんなりとその言葉が出た。番屋にいた青木は土間の隅に被せられた筵をめくって慈幸の骸を見せてくれた。

「骸の検分も兼ねる牢医の話では頭を殴られたのが因で果てたとのことです。それからこんなものを手に握っていました」

青木は紙の切れ端を夢幻に渡した。それには〝幻牡丹〟と消え入るような文字で書かれていた。

夢幻は食い入るようにその紙片に見入った後、手を合わせさらに骸を検めるために着物を寛げた。五十代半ばの小さく痩せた老僧の肌には背中と言わず胸、腹と打撲の痕が目立つ。

「仏弟子がこんなに傷つけられるなど許せぬことだ」

夢幻は唇を噛んだ。

「慈幸様はどこで殺められたのですか？」

一度だけだったが花恵は慈幸と会っていた。源次を明雲寺に夢幻と共に送り届けた時だった。その時の慈幸は柔和な包み込むような優しい眼差しで源次を迎えて、「気の済むまで娘さんの供養をなさってください」とだけ言って微笑んだ姿が忘れられない。

――あんないい方が――

花恵は慈幸を手に掛けた下手人が許し難く憤りを感じた。

「夜分、明神下の須恵吉長屋に出かけての帰りだった。仏の慈悲を頼りたいと、病に臥せっていたおさわという女が呼んだそうだ。おさわさんも昨日、亡くなってしまった」

青木も悔しそうに、声を振りしぼった。

慈幸はその名の通り、頼ってくる者に対して常に慈悲の心で接し続けていて、貧しい者たちからは供養の金を取らず、悩める者たちの良き相談相手であった。

「おさわさんは集め屋だったと聞いてる。礼儀正しく、長屋の評判も良かった」

集め屋というのは塵や紙きれ、髪の毛等を拾い集めて売る生業ではなく、各家で日常的に使われている品々、たとえば醬油や味噌、塩、砂糖等の調味料、髪油とか紅、白粉、薬、ちり紙等の消耗品について訊き歩く仕事であった。集め屋が記した訊き書きに基づいて振売たちが家々を訪ね歩く。そこそこ器量好しの女子が雇われるのは、男やもめ相手で色仕掛けという特技が使われるのだとまことしやかに噂されがちであった。

「これはおさわさんの枕の下にあった走り書きなんだが、またの名、四つ目屋ってことかと」

そう言って青木はやや顔を赤らめながらその紙片を取り出した。両国にある四つ目屋は性交の時の張り形等の大人の玩具や強壮薬、媚薬等を売る専門店の中の一番手であった。紙片には慈幸が握りしめていたものに書かれていたのと同じ幻牡丹という文字があった。

花恵と夢幻は心配になって、源次がいるはずの根岸にある明雲寺へと向かう。山門こそ朽ちかけていたが生真面目な源次の丹念な仕事の賜物か、葦簀張りの中に割られた薪が積まれ、境内は綺麗に清められていて塵一つ落ちていない。

夢幻は本堂から上がった。煤を払われた仏像がずらりと並んでいて磨き抜かれている板敷は傷以外目立たない。辺りはしんと静まり返っていた。

「源次はどこにいるのだろう?」

夢幻は本堂を抜けて廊下へと踏み出した。

――慈幸様が亡くなったことを報せるのは辛いけれど――

物音を聞きつけて源次が出てきてもよさそうなものだと花恵は思った。夢幻の足は庫裡へと向かう。花恵は庫裡へ入ったとたん、あっと声を上げた。源次が仰向けに倒れて死んでいた。顔や首、破れた着物から見えた肌には血が流れ出ていた。拷問の痕だった。首には紐で絞められた痕がありこれが致命傷だった。

——酷い殺されよう——

思わず花恵は目を逸らした。

「先を越された」

呟いた夢幻は、慈幸の骸同様に検めた。握った片掌から血が溢れ出ている。手を開いてみると掌に木の棘が刺さっていた。一寸（約三センチ）ほどの棘だった。

「これは薪のささくれが刺さったものだ。源次は殺される前、何かを託そうとして、力を振り絞って強く握ったのだろう」

そう言い切った夢幻は葦簀張りの薪小屋へと向かった。

「手分けして積まれた薪を調べよう」

「はい」

——これは常では考えられないことだわ。もちろん偶然なんかじゃない——

緊張と恐ろしさで身体が震えた。

積まれた薪を調べていく作業は手間が掛かったが、二人は黙々と続けた。早々に

冬の夕闇が訪れて、思わず洩らしかけたため息を花恵がかろうじて呑み込んだ時、

「これだっ」

夢幻が叫んで折り畳んで薪と薪の間に挟まれていた一枚の紙をかざした。

「ここには灯りがない」

悔しそうに夢幻が言った。

「寺の中に入れば——」

花恵の提案に、

「いや、駄目だ。源次を手に掛けた敵の狙いはおそらくこれだろうから。行くぞ」

夢幻は素早く寺の裏手へと駆け出した。花恵も走った。そのまま二人は夢幻の屋敷まで一気に走り続けた。途中、

「尾行(つけ)てきている者の気配がある。走りを速めてくれ。何としても振り切るのだ」

夢幻に促され必死に走り抜けた。

屋敷に着くと待っていた彦平が、

「ご苦労様です。まずは力をつけてください」

夢幻の母方の先祖である伊賀忍者の常備食兵糧丸(ひょうろうがん)と白牛酪(はくぎゅうらく)で煮出す甘い紅茶を淹

れてくれた。夢幻と花恵、彦平の三人は灯りの下で源次が遺した紙片を確かめた。
それには慈幸の手跡で以下のようにあった。

〝幻牡丹〟覚え書き

お登勢（とせ）　舟饅頭　小普請組橋本常次郎妻
勘定組頭　堤誠一郎
お里（さと）　女飴売り
本両替屋播磨屋嫡男　陸太郎（りくたろう）
越中薬売り　吉三
呉服問屋京屋（きょうや）内儀　美弥（みや）
友江（ともえ）　料理屋平清仲居

香具師頭　竜蔵
おさわ　集め屋
中村座　中村翔之丞

　これを見た花恵は、

「白椿殺しの手に掛かった人たちはたしか、人妻の舟饅頭、湯屋帰りの大店の隠居、女飴売りだったはず——。でも、さっきの長屋のおさわさんまで——どうしておさわさんの名まであるの？　白椿があったなんて、誰も言ってなかったのに——」

　思わずぞっと鳥肌が立って、疑問をそのまま口にした。

「ここには尾張屋富三郎による一連の殺しではなく、正真正銘の白椿殺しに遭った人たちが記されている。ここに記されている集め屋おさわもまた、自然に病死したのではなく、何らかのやり方で殺されたのかもしれない」

　応えた夢幻に、

「たしかに白椿に殺された人たちと並んで書かれている各々の方々とは、暮らし向きや身分が違いすぎます。勘定方の出世頭からかなり高位のお方、富裕の家の子やお内儀さん、陰の力を誇って祭りには欠かせない香具師頭もいますね」

　彦平が同調した。

「中村翔之丞は若手では並ぶ者がいないとされた不世出の役者さん。惜しいことについ何月か前に亡くなりましたよね」

　ふと洩らした花恵の言葉に夢幻と彦平の目が同時に光った。

「だとすると先に中村翔之丞が死んで、おさわが病死、そして、慈幸和尚が殺されている。この謎を解かないと先へは進めないようだ。まずは中村座に出向くとしよう」

　夢幻の言葉に彦平は大きく頷いた。

2

　こうして夢幻と花恵は舞台が終わる夕暮れ時に中村座を訪ねた。応対に出た座長は落としたばかりの白粉がまだ顔のあちこちに残っていた。煙草の脂(やに)が染みついた

黄色い歯を剝き出して、

「おや、夢幻先生。よくおいでで。観ていただけましたかしらね、あたしの舞台」

女形の座長がしなをつくった。

「一足早く桜を見たようなしっとりと華麗な女形だったじゃないか」

夢幻は相手の芝居など観ていないというのに、大袈裟に褒めてから出入りしていたおさわが亡くなったと告げると、

「それは可哀想に」

座長は形だけ手を合わせて、

「それじゃ、早速口入屋に言って、代わりの集め屋に来てもらわないと」

現金な物言いになった。

「そのおさわさんなんだが、ここと関わって誰かに殺されたのかもしれないとお上が疑いをかけてる」

と夢幻がカマをかけると、

「殺されたかもしれないって、まさか翔之丞絡みじゃないでしょうね」

座長の顔が強ばった。

「おさわさんと翔之丞のことは、すでにお上が調べはじめているぞ」

夢幻の脅すような言葉に、

「夢幻先生が活け花のお師匠さんの他にも捕り物まがいで名を売ってるって話、ここへ始終来てる瓦版屋から聞いてますから、どうか助けてください」

と座長は態度を急変させて、おさわのことを話しはじめた。

「役者たちは人気商売なんで贔屓(ひいき)客のためにいろいろ尽くしてます。贔屓にしてくれる方にはそれなりのお返しをしてます。お菓子から、四つ目屋さんのちょっと口にするのが恥ずかしいものまでいろいろ。房楊枝とか、へちま水、野ばら水、白粉、口紅等役者自身の身の回りの小間物をおさわさんに頼んでました。月に一度は通ってきてましたよ」

「翔之丞とおさわさんは特別に親しかったのであろう？」

「翔之丞は売り出し中でしたんで〝今が大事な時なんだ、浮いた話は御法度だぞ〟とあたしが繰り返し言ってましたし、翔之丞ときたら自分の顔に酔ってて、おさわさんとは美形を保つ話ばかりしてたのを小耳に挟みました。そんな翔之丞でしたから首が肥えるのさえ嫌って、山で荒行をする修行僧みたいな身体鍛えと青物ばかりの食べ物に凝ってました。馬鹿ですよね、いくら美形自慢でもあんな無理なことをしてて」

そこで座長は一度言葉を切った。すかさず花恵は、

「翔之丞さんは何が因で亡くなったんですか？」

訊かずにはいられなかった。

「あら、瓦版を見なかったの？　一応は恋煩いってことにして書いて貰いました。その方が瓦版も売れるんだそうですよ。実のところ、身体に力が入らない、そのせいで気持ちが滅入る、芝居が辛いなんて言い出して、寝たり起きたりしているうちに死んじまったんですから。実のところ身体鍛えと青物ばかりで弱りが禍したんですよ、絶対。これから沢山稼ぎもできたでしょうに、そしたらこの中村座だって安泰だったのに——勿体ないったらない」

座長は悔しそうに唇を噛んだ。

話を聞き終え帰路を辿る途中、夢幻は、

「身体鍛えと青物ばかりが過ぎて亡くなるものだろうか？」

ふと呟いた。

「そんな話は聞いたことがありません」

「やはりな。しかし、何が因で死んだかは未だわからない」

「それはおさわさんも同じです」

そこで二人は目を見合わせた。

「似ている」

「ええ、亡くなり方が似ています」

「これはもしかすると――」

「死の因は毒かも」

「その毒の正体を突き止められなければ〝幻牡丹〟の覚え書きはとうてい読み解けない――」

夢幻は珍しく頭を抱えた。

この後、夢幻は近くに来たからと香具師頭竜蔵の家を訪ねた。市中の香具師たちを束ねる香具師頭は、もとより額に汗して稼ぐ真っ当な稼業ではない。竜蔵は一見縁日や祭り、季節寄せ等の限られた範疇で力を発揮しているかのように見える。だがその実、大江戸八百八町の飲食風俗業を屋台に至るまで全てを手中に収めていて、出店の際の許可権を振りかざしては月々の支払いを強いていた。

「この男には毎年正月の活け花を頼まれている。花が好きだというだけあって礼儀はわきまえていて悪くない気性なのだが、人の上前をはねる香具師頭という仕事がどうにも好きにはなれず、酒を勧められても断ってきた」

と夢幻は竜蔵との関わりを語った。格子戸を叩くと出てきたのは五歳ほどの女の子で、

「おっかさーん、お客さん」

奥にいた母親を呼びに行った。

「よくおいでくださいました」

上がり框（かまち）に座って香具師頭の女房が頭を下げた。白く小さな顔が疲れ切っていて、背中に赤子を背負っている。

「うちの人がお招きしたんでしょうか――」

二人は座敷へと通された。線香の匂いが漂ってきていて、

「師走の半ばに亡くなりまして、ばたばたしていてお報せもできずすみませんでした」

女房はまた頭を垂れた。

「知らぬこととはいえ、お悔やみが遅れてこちらこそ失礼いたしました」

仏壇に向かって正座した夢幻は、一礼して線香を上げるとしばし瞑目して手を合わせた。

「うちの人の口癖は、〝誇れるのは子どもの時から風邪一つひいたことのないこの大きな身体だ〟というくらい、昼間は仕事で市中を見廻っていて夜はつきあいが多く朝は早起きでした。なのにある日のこと、だるくてだるくて仕様がなくて起きるのが大儀だなどと言い出し、床から出られずにごろごろしていて、呼んだお医者は首を傾げるばかり。そんな日々が続いて亡くなりました。朝、あたしが気がついた時にはもう息をしていなかったんです。もう年齢が来ているというのにそうは思わず、無理の限りが祟（たた）ったんでしょうね」

女房はまだ乾き切っていない涙を顔中に溢れさせた。

「一つ、わたくしなりの供養をさせてください。まずは一献いただけませんか？」

「早速に。うちの人は先生の話が出ると必ず、〝理由もなく飲みたい相手などとんと思いつかない中であの先生は特別、何とかいつか一緒に飲みたい〟と申しておりました。ありがとうございます」

夢幻は運ばれてきた酒を盃に傾けた後、

「この御礼と供養を兼ねて、ここの庭に咲いている水仙を精一杯活けさせていただきます」

と言って、庭へと下りた。

冬枯れの庭は何日か前に降った雪がまだとけていない。雪中花とも呼ばれる水仙が、長い茎葉を伸ばして咲いている。その俯き加減に咲く花姿は、真冬の寒さを耐え忍びながら蕾をつけて懸命に開花しているように見える。黄色い副花冠を取り囲むように白い花弁が開いていていてどちらも際立っていたが、この花の醍醐味は何といっても芳香であった。

「まさに〝水仙の香やこぼれても雪の上〟ですよ」

夢幻は静かに言い添えた。この句は江戸中期の加賀（石川県）の俳人千代女の作であった。水仙は花恵が竜蔵の女房に花切り鋏を借りて切り、花器は夢幻が小石と共に枯れ木の幹を道具小屋の鋸で切り出した。

こうして切り出したばかりの枯れ木に小石が詰め込まれ、剣山が落とされて束のように見せている水仙が二箇所に活け込まれた。仏間が線香を凌ぐ水仙の強く清々しく甘い癒しの香りで埋まった。

「さぞかしうちの人も喜んでいることでしょう」

またしても女房は泣き濡れた。

「手をどうしました？」

夢幻は女房の手にあかぎれがあることに気がついていた。明らかに暮らしが以前のものではなくなっている。

「奉公人たちに暇を出しました。もう香具師頭はうちの人ではありませんし」

「たしかにその通りでしょうが早すぎるのではないかと――」

「香具師の中にはそう言ってくださる方もいますが、今はもう虎吉さんが仕切っています」

「しかし、虎吉と竜蔵さんでは縄張りが違うはずですよ。虎吉は床店を含む骨董小間物屋、質屋、古着屋等が縄張りだったのでは？」

「今は竜蔵の縄張りも虎吉さんのものです。うちの人の下にいた香具師や食べ物商いの人たちのほとんどが承知されたと聞きました。虎吉さんには誰も逆らえません」

最後に女房は絶望的な目をしてはいたが、

「折を見てここを畳んで生まれ在所に親子で帰るつもりです。そうでもしないとまだ乳飲み子もおりますし、親子三人いずれ食べてはいけなくなりますから」

覚悟を示した。

「竜蔵の女房には酷すぎる気がしてどうしても訊けなかったのだが、竜蔵と仲居の友江さんとはどのような関わりがあったのだろう？　通っていた料理屋平清に行って話を聞いてきてほしい」

と夢幻は花恵に頼んだ。

3

花恵は夢幻と別れて深川の平清へと向かった。

平清は山谷の八百善と並ぶ名店で店構えや食器、料理の上等さで知られている。

特に会席料理の最後に供される鯛の潮汁がもてはやされていた。

女将の清江は初老ながら背筋のぴんと伸びた若い頃の美貌と才気がしのばれる、凛としつつもしっとりとした風情を醸し出しているまさに文人墨客好みの女だった。

自分の名だけを言ったら会ってくれるわけはないと危惧した花恵は夢幻の名を出した。

「夢幻先生の使いの者で花恵と申します」

――といっても夢幻先生がここへ来ているわけじゃないんだし――

応対の女中に告げてはみたものの早々に玄関払いをされる覚悟をしていると、

「少しお待ちください」

奥へと消えて、次にはでっぷりと太った女中頭が代わって、

「お会いになるそうです。女将さんのお部屋へお通しいたします。さあ、どうぞ、どうぞ――」

花恵を突き当たりの女将の部屋へと招いた。

「夢幻先生のお使いというからにはお弟子さん？」

清江は声まで鈴を転がすような美声だった。

「ええ」

「それはご苦労様。捕り物好きな先生に代わって殺された友江さんのことを話せというのね」

「はい。香具師頭だった竜蔵さんとの間柄も――」

「それはかりは気が進まないんで。友江さんが殺された後、あれこれ訊かれたお役人にも黙ってきたことなのよ」

そこで花恵は竜蔵が亡くなった話をした。

「後追いなんぞじゃない病死なのね」

咄嗟に清江は念を押した。遠慮がちに花恵が、

「それ、お二人は恋仲だったってことですか」

と訊ねると、竜蔵の死に様について女房が思い出してくれた様子を話した。

「もう、竜蔵さんの方が友江さんに夢中でね。そりゃあ、市中で一、二の香具師頭が毎日のように平清(うち)へ通って、大盤振る舞いしてくれるのだもの、こちらは願ったり叶ったりよ。友江さんが白椿禍にあって殺された時は竜蔵さん、そりゃあ泣いて騒いで仇(あだ)を取るなんて息巻いてたわ。友江の形見はもうこれしかないんだって、二人で飲んでた南蛮渡来の媚薬を握りしめてしょんぼり肩を落としてたこともあった。

大男が短い間に小さくなったように見えたっけ」

　話し終えた清江はほっとため息をついて、

「〝夏草や兵ども(つはもの)が夢の跡(あと)〟って芭蕉の句があるけど男と女のことも死んで仕舞いになると、やっぱり夢のあとの今みたいな冬よねえ」

　と最後に洩らした。

　――男と女って因果な出逢いや絆で結ばれてる。とはいえ、たしかに夢幻先生が言ってた通り、遺された子どもたちを必死に育てなければならない、あの母親には酷すぎる経緯だわ。絶対聞かせたくない――

　夢幻の屋敷へ辿り着いた花恵は繰り返すのも辛く、

「竜蔵さんと友江さんは共に媚薬を飲み合って過ごす間柄だったようです」

　手短に告げた。

　夢幻は早速彦平に命じて、当分の暮らしに役立つ食べ物や金子を竜蔵の家族に届けさせていた。竜蔵の家から戻った彦平は、

「たしかについこの間まで江戸一の香具師頭の家族だったとは思えない暮らしぶりでした。驚きましたよ」

と洩らした。

「死に方から何もかもおかしすぎる。どうして、竜蔵が死んでいとも簡単に香具師頭が虎吉になったのか？　竜蔵の縄張りはなぜ侵されたのか？　早急に調べてほしい」

不審がる夢幻は続けて彦平に頼んだ。

「まあ、蛇（じゃ）の道は蛇（へび）ですからね。お任せください」

彦平は好々爺（こうこうや）の顔で請け合って下がった。

「どういうことです？」

花恵が訊くと、

「華道の道を極めるも飯は食うのだから商いと無縁ではいられない。商いには必ず竜蔵や虎吉等の輩がつきまとう。彦さんなら竜蔵の女房やわたくしも知らない香具師たちの顔をきっと知っている。今までは彦さんが〝活け花を極める無垢なお心がけとは無縁な汚れた雑事です。旦那様はお知りにならなくて結構です〟と言ってきてくれたが、そのうちわたくしも彦さんから聞かざるを得ない羽目になるだろう。人には避けて通れぬこともある」

夢幻は神妙な顔で告げた。

「それ、御老中様から阿片の取り締まりを任されたことと関わりがありますか？」

花恵の問いに、

「もちろん」

夢幻は短く応えただけだった。

4

手がかりもないまま何日かが過ぎたある日、花恵は通りを歩いていて以下のような引き札（チラシ）を受け取った。

料理屋冬牡丹からのお誘い

隠れ名所雑司ヶ谷は天照神社近くにある料理屋冬牡丹に宿泊して眼福、口福と常にはない時をお過ごしになりませんか？　当店の冬牡丹は今が見頃です。

ぼたん鍋を召し上がっていただきつつ、庭に咲く冬牡丹の中に幻と言われている寒牡丹を見つける愉しみを堪能なさいませんか？

しばし眼福、口福

これを読んで気になった花恵は紙に、〝冬牡丹―幻―寒牡丹―冬牡丹―〟と牡丹に関わる文字を拾い書きしてみた。そのうちに〝幻と言われている寒牡丹〟を縮めて〝幻牡丹〟と記してはっと思った。

――もしや、おさわさんと慈幸和尚が記した〝幻牡丹〟の手がかりがこの店にあるのではないかしら？――

しばしの思案の末、少しでも事件の糸口を見つけたかった花恵は荷物をまとめて雑司ヶ谷へと向かった。

護国寺近くにある雑司ヶ谷はその昔、宮中の雑色と言われた下級役人たちがこの地に土着したからだと言われている。法明寺の鬼子母神堂も有名で出産・育児の神として信仰を集めてきた。派手さはないが閑静で風情のある江戸名所の一つなのだった。

「お願いしまーす」

　玄関口で声を張ると女将が出てきた。平清の女将とは対照的な謎めいた雰囲気の大年増であった。眉を落とした顔を真っ白に塗り固めていて唇の紅が血のように赤い。目はややぎょろ目で威圧感がある。油が滴っているような錯覚を受ける艶々した髷は、かもじがたっぷり入った大きな島田に結われている。黒地の着物の裾模様は白い猪で帯の刺繍もまた白猪であった。白猪の目は辰砂（水銀）の朱色で口や毛並み、尾に金粉が刷かれている。花恵が思わずその白猪柄を凝視してしまったが、はっと気がついて、引き札の〝料理屋冬牡丹からのお誘い〟を見てここへ来たこと、部屋はまだ埋まっていないかを訊くと、

「ああ、よかった。ツキがありますよ、あなた様には。あと一部屋で埋まってしまうところでしたもの」

　女将は笑顔を顔全体に張りつかせた。

「あたしのこれ、気になってるんじゃありません？」

　ぽんと帯の白猪を叩き、裾模様の方は引き上げて見せて、

「これはね、神使っていうものです。神の眷族で神意を代行して現世と接触する使

命を帯びて現世に遣わされてるんですよ。あたしのところは代々、この神使なんです。神使は鼠、牛、虎、蜂、兎、亀、蟹、鰻、蛇、狐、鹿、猿、烏、狼、鯉、猪、ムカデなどの姿をしていて、うちは猪なんですよ」

と熱っぽい目を向けてきた。

「それなのにここではぼたん鍋を出してるんでしょう？　それでは御先祖やご自身への不徳になりませんか？」

花恵は黙っていられなくなった。

「そこまでの犠牲的な行いが神使の本領でもあるのです。猪の血肉の滋養によってどれだけの人たちが元気を取り戻すことができるかしれません」

そう言い切った女将は、花恵を部屋へと案内した。

部屋の掛け軸は牡丹の大きな紅い花の中で猪が昼寝をしているという不思議な構図のものであった。店を取り囲むようにして冬牡丹が植えられているので、どの部屋からも冬牡丹を見ることができる。

「実は牡丹は生きものよりも一段低い神使なんですよ。牡丹の牡は雄、丹は赤を意味します。最上の牡丹の色は赤なんですけど、その実から育てても同じ赤にはとてもなりにくい。それで紅い牡丹は〝子のできぬ牡〟と見做されてこの名がついたんですが、これは神様が牡丹を一代限りの神使と見做したからなんです。神使の使命はひたすら神の代行で子孫を残すことではありませんから。それではあまりに哀れなので猪が牡丹を兄弟分の神使にしたんです。おかげで牡丹は一代限りではない神使になったんですよ。そして牡丹は猪、猪は牡丹、表裏一体となりました」

女将は不思議な掛け軸についてそのように説明した。

——話を聞いているといつしか呑み込まれて、別の世界かと思ってしまうほどの話し上手——

花恵は聞き入ってしまう自分の様子に気をつけなければと思った。

「とはいえ、そこの鏡台にございます牡丹水は牡丹の花弁から拵えておりまして、猪の血肉や脂は入っていませんからご安心ください。顔のぶつぶつやほてりに効き目があってお肌がつるつるになりますよ。どうかお試しください」

そう言って部屋から下がった。花恵は庭に出た。

——冬牡丹の中に寒牡丹を探すのはたしかに胸がわくわくする——

冬牡丹と寒牡丹は異なる。冬牡丹は春に咲く品種を冬に咲かせるので、寒さに弱く、わらぼっちなどと言われる藁で作った被せもので覆って霜や雪を避けて育てる。その姿は人ではない冬牡丹が藁の合羽を着込んだ感もあって可愛らしく笑いを誘う。特徴は茎や枝が青々としていることである。世話さえ小まめに怠らなければ、水仙のように雪の地面から立ち上がっている冬牡丹の売り物を一定数作ることができる。

一方の寒牡丹は春と秋に咲く二季咲きの種で、牡丹自身が寒いことを知りながら花をつけるので、必要のないところには養分は送らないと決め込み、開花させることに全集中する。

——秋咲きの改良種とはいえ秋ではなく冬にまで開花を持ち越させるのは、成り行きまかせのところがあるから、まだまだ売り物にはできないとおとっつぁんが言ってた。そんな寒牡丹を見せてくれるところがあるのね——

寒牡丹にもわらぼっちは被されているようだった。花恵はわらぼっちが被されている冬牡丹を一株ずつ当たって茎や枝が黒っぽく葉がほとんどないものを探し続けた。ぐるりと店の周りを半分ほど歩いて立ち止まった。真っ黒な茎の先端に咲いている真っ赤な牡丹の花が見つかった。

——もしかしてこれ、寒牡丹？——

花恵の胸が躍った。子どもの頃一度だけ見せてもらったことがあった。

――あの時は黒い茎が不気味で〝こんなの牡丹じゃない〟って言って泣き出したんだったわ――

「寒牡丹をよくご存じなんですね」

女将がいつのまにか寄ってきた。

外で見る女将の風体は店の中にも増して異様だった。真っ赤な牡丹の花弁のような色の唇から見え隠れする犬歯が刃のように鋭い。

――何だか――

急に花恵は自分が子どもに戻ったような気がした。もう寒牡丹の黒い茎は怖くないが女将の様子には恐ろしさを感じていた。言葉が出ないでいると、

「草花と関わりのあるお方ですか？」

さらに畳みかけられた。

「ええ、実は」

花恵は自分の素性を明かした。

「それはもう、染井の肝煎のお嬢さんなら、冬牡丹の中から寒牡丹を探し当てるな

ど造作もないことでしょうね」

　女将はよく光る犬歯を見せて微笑んだ。

「あと半分、廻らせていただきます」

　花恵はぐるりと一周して寒牡丹を見つけた場所に戻った。女将はまだそこで待っていた。

「寒牡丹はこの一株だけなんですね」

「そうはあるものでないことはおわかりでしょう。あなた様は幸運でございますよ」

　女将は目を細めた。

「ありがとうございます」

「冬牡丹を見つけられた方は、何でも望みが叶うのです。一回一度きり。そしてあなた様が死ぬほど思い詰めたことでないと叶いません。ですからお金や物がほしいというような人並みな望みは駄目です」

「具体的には？」

　花恵は訊かずにはいられなかった。

「それはあなた様がこれと心を決められてからお話ししましょう」

と言ってその場を離れた。花恵ははぐらかされた気がした。

5

夕餉はもちろんぼたん鍋であった。ぼたん鍋は、猪肉を用いた日本の鍋料理で猪鍋とも呼ばれる。

「大広間へおいでください」

女将と顔立ちのよく似た若い女が呼びにきた。

「女将の妹千春と申します。女将が姉のあき乃です。神使だと言ってたでしょ？そのうちわかりますけど、あれも商いのうちなんです」

と挨拶してくすくすと笑った。

大広間に七輪と膳が並んでいる。客は一杯のはずなのに膳の数は二膳しかなかった。

――流行っているように見せかけているだけなのね、きっと。神使だなんて言ってたのも、あの仰々しい化粧や着物も客寄せのためのものなのかもしれない——この店は経営難なのかもしれないと花恵は思った。

火を熾した七輪にはぼたん鍋用の小鍋で汁が温められていた。膳には箸と取り分ける器、卵が載っている。この汁には昆布と鰹節でとられた出汁に大量の醤油と砂糖が加えられ、さらに八丁味噌を混ぜて濃厚な味が醸されている。

あと一人の泊まり客がいると思われるのだが、まだ姿を現してはいなかった。

「後からいらっしゃるお客さん、すっかり塞ぎ込んで何だかひどく元気がないんですよ」

千春が花恵の分の猪肉を皿に運んできた。猪鍋がぼたん鍋と言われるのは、薄切りにした野鳥や鶏の肉に比べて赤い猪肉を牡丹の花に模して皿の上に盛りつけることに因(ちな)んでいる。

次に千春は小松菜、大根、椎茸、里芋、蒟蒻(こんにゃく)の薄切り、麩(ふ)、豆腐の載った皿を花恵の手元に置いた。

「それで、女将がこちらとの向かい膳にしたらどうかって言ってるんですけど、いかがでしょうか？」

押しの強いあき乃によく似た千春の大きすぎる目でじっと顔を覗き込まれた花恵は、あまり気は進まなかったが、

「そうですね」

知らずと承知してしまっていた。

元気がないという客の部屋へ行って戻ってきた千春は、

「おいでになるそうですよ」

早速その客ために猪肉や青物等の皿を運んできた。ほどなく大広間に入ってきた顔の青いその男は、

「ご一緒させていただきます」

深々と頭を下げた。

――男の人だったなんて――

てっきり自分のような一人で来た女客だとばかり思っていた花恵は面食らった。

「ぼたん鍋ですしお二人ですもの、お酒、おつけしますよね」

押しの強さも千春は姉譲りのようだった。

「酒はわたしが頼みましょう」

顔の青い男は心遣いがあった。

「それじゃ、あたしは甘酒を」

すると千春は、

「うちには甘酒なんてありません。お茶になさってください」

一瞬仏頂面になった。

飲み物が揃ったところで二人は箸を取った。猪肉の薄切りと小松菜や大根、きのこ、蒟蒻等を交互に鍋の汁にくぐらせて口に運ぶ。取り鉢に生卵を割り入れて猪肉や青物をひたしたり、薬味として山椒などを振りかけたりする。

——これといった話なんてないし——

しばらく二人は無言でこれを繰り返した。猪肉を半分ほど残したところで花恵はふと箸を止めた。知らずと向かいの方を見ていた。

「まあ」

小松菜や大根、蒟蒻が盛られた皿に全く箸がつけられていない。片や猪肉の方は綺麗になくなっていた。

花恵の視線に気づいた相手は箸を止めて、

「美味いものですね、猪肉は」

とやや頬を染めて言った。すでにもう顔に青さはない。

「でしたらこちらのも召し上がってください」

自然にその言葉が出た。花恵の箸が止まったのは満腹を感じていたからである。

「いいんですか？」

「どうぞ」

花恵は猪肉の載った皿を相手に渡した。

「ありがとうございます」

礼を言った相手は再び箸を動かしてすっかり皿の上のものを平らげた後、

「うっかりしていました。わたしは小間物屋の千種屋良吉（ちぐさやりょうきち）と申します」

と名乗った。千種屋といえば細かい小間物商いながらその名の通り、常に千は下らないさまざまな小間物を常備して商いをしていることで知られていた。小間物長者との異名もある。

「こちらは千種屋さんの足元にも及ばないささやかな商いですが――」

花恵も倣って生業と名を告げた。

「花仙さんの名はたしか、亡くなった姉の口から聞いたことがあります」

一瞬きらりと良吉の目が輝いて先が続けられた。

「花好きの姉は商いにも長けていたんです。最後に会った時、〃鉢ものは八丁堀の花仙に限るわよ。丁寧に愛情深く育てた苗しか売らないのだから。あんたは後継ぎなんだから、たかが千種の一つの鉢ものだなんて思って仕入れちゃ駄目〃と叱られました」

花恵が最後に会った時という一言に言葉を返せないでいると、

「三つ年上の姉の美弥は二月ほど前に嫁ぎ先で亡くなりました」

良吉はうつむき加減に掠れ声で言った。

――美弥さん、聞いたことがある名のような気がする――

花恵は必死に思い出そうとした。

――もしかして、あの〃幻牡丹〃覚え書きにあった女の人――

「まさか、呉服問屋京屋のお内儀さん」

花恵の言葉に、

「そうです。姉の嫁ぎ先は呉服問屋京屋でした。よくご存じですね」

「ええ、まあ、呉服問屋京屋さんといえば誰でも知っているお大尽で、とかく取り沙汰されてますもの――」

花恵は上手く逃げて、

「それにしても若くしてお亡くなりになってしまわれたんですね――」

――〝幻牡丹〟覚え書きには、越中薬売り、吉三と並んで書かれて呉服問屋京屋内儀、美弥とあった――

花恵は正確に思い出した。

「お亡くなりになったのはお産で？」

花恵は水を向けた。

「まあ、そうも言えますが要は呉服問屋京屋に殺されたようなものです」

良吉はやや憤怒の面持ちになって先を続けた。

「千種屋と呉服問屋京屋とは祖父の代から商いがありました。呉服屋は着物や帯はいくらでもお客様のご要望に応えられるでしょうが、着物や帯に合うように、帯揚げやら足袋やら草履、巾着等の持ち物、髪飾りや櫛まで一式揃えてほしいと言われると、もう自分のところでは賄えません。といって個々の店に頼んでいては時も金もかかりすぎると苦情を言われることもあって、ずっと千種屋に託してきたのです。鉢ものさえ売っている千種屋でしたら、この手の注文にもすぐに応じられます。そんなわけで姉の美弥は京屋に出入りして若旦那と接することも多く、是非にと望まれて嫁入りしたんです。わたしの両親は玉の輿だと喜んでいましたが、姉はあまり気乗りしていない様子でした。出入りして京屋の人たちの誇りの高さ、世間体への拘りを知っていたからだと思います」

「若旦那様のことは好いていたんですか？」

「若旦那の一目惚れで、あちらの旦那様夫婦は当初反対だったと聞いています。大店は自分のところと見合って互いに得のある相手を嫁や婿にするものですから。小間物屋長者と言われていても大店でもない千種屋の娘との縁組は気が進まなかったと思います。けれど子ができないからと言って何も責め殺さなくても。せめて早く離縁してくれていたら」

　良吉は唇を嚙んだ。

「一目惚れだというのに、若旦那様は庇ってくださらなかったんですか？」

　花恵は首を傾げた。

「全身全霊で庇ってくれていると姉は言っていました。わたしは姉が商い上手だと知っていましたから、〝子を産むのもいいが京屋の嫁として商いにも精を出してもいいのでは？〟と勧めました。すると姉は〝あたしもそう思って言ってみたことはあるのだけれど、――この商いのお客様は女子が多いんで、おまえのようながさつな応対では通じませんよ。身の程を知りなさい――とお義母さんに叱られてしまったのよ。早く孫の顔が見たいという意味でもあったんでしょうけど〟と寂しそうに首を横に振りました。姉はとことん思い詰めていたんです」

「亡くなったのはまさか、自害では？」

「いいえ、そうではありません。身籠り薬のせいですっかり身体を壊してしまったのです。突然気を失ってそのまま逝ったとのことでした。わたしは姉が身籠り薬を買ったという越中の薬売り、吉三に会って問い詰めお上に突き出そうと決めていました。そうでもしなければ姉に死なれた悲しみを乗り越えられそうになかったからです。けれども薬の荷を背負った吉三は日本橋の路地裏で殺されていました」

花恵は驚きを隠せなかった。

「市中知らぬ人はいない白椿の仕業です。瓦版によれば白椿は滅多やたらに分別なく人を殺しているとのことでした。吉三は姉を殺した薬を売った罪で殺されたわけではないんです。わたしの心は晴れず、両親がここの誘いを勧めてくれました。薬食いの猪肉は精がつくからと言うんです」

良吉はふうとため息をついた。

そこへ、

「夕餉はお済みですね。御膳を下げさせていただいて、さてさて、これから面白い趣向をお届けいたします」

千春が告げて、

「ここは〝東海道四谷怪談〟の舞台として知られている雑司ヶ谷です。冬の一興はお岩さんの御供養祭りなんですよ」

と説明した。

6

〝東海道四谷怪談〟のお岩さんは最も著名な女幽霊であった。

「これからわたしが〝東海道四谷怪談〟の語りをやらせていただきます」

これを聞いた花恵は興味津々だったが良吉は、

「〝東海道四谷怪談〟なんてとても、今のわたしには——」

青ざめ、身体も表情も硬直させた。

女将のあき乃が白装束姿で姿を見せると三味線を手にして床の間の前に座った。

昼間とは異なる、ひそひそした語り声が陰気に聞こえはじめた。

「お岩様、あなたの夫伊右衛門という男は悪逆非道の極みでしたよね。ご用金の使い込みがもとで、惚れているお岩様との縁談をお岩様の父親から断られると、その父親を、暗闇に紛れて斬り殺し、〝俺が、親父殿の仇を討ってやるから〟などと嘘を言って、なし崩しで夫婦になってしまったんですから」

そこで三味線が強い怒りの音をかき鳴らした。

「ところが、雑司ヶ谷の家でいざ一緒に暮らしてみると、貧しさと生まれた赤ん坊の夜泣き、産後のお岩の具合の悪さを主として伊右衛門の不満はくすぶるばかり。人の性根の良し悪しはこういう時にわかるものです。そんな伊右衛門のことを、隣の裕福な家の娘のお梅は、好きで好きでたまりません。伊右衛門は並外れた男前だったからです。そして恐ろしい計略を企てます」

三味線が一つまた強く鳴った。

「〝体調がよくなる妙薬だ〟と騙して、飲むと顔が醜く腫れ上がる毒薬を差し入れたんです。何も知らない無垢なお岩様は、涙さえ滲ませ感謝して、その薬を、最後のひと口までも残さずに飲み干しました。すると髪が抜け落ちて血が流れ、みるみる瞼が腫れ上がって、お岩様は痛ましいお姿に。〝あたしがこんな恐ろしい姿にどうして、どうして〟とおっしゃりつつ、うらめしぃ――伊右衛門どのぉ――〟とすさまじい恨みを抱いたまま、亡くなられました。きっと何日も苦しんだことでしょうね。何しろ伊右衛門ときたら、お梅との祝言話を持ちかけられると、醜い顔になったお岩様との離縁を決意し、金目のものを持ち去っていったのですから」

三味線がかき鳴らされ続けて灯りが消えた。暗闇の中からあき乃の低い呟き声が聞こえてきている。

「こんな酷いことが許されていいもんでしょうか？　お岩様、わたしども神使はあなた様の無念を担わせていただきました。お姿を借りてその恨みや悔しさを伊右衛門たちに思い知らせたんです。伊右衛門にお梅との祝言の席で、あなたと見間違えてお梅や父親を斬らせたのもわたしどもでした。ですからどうか、お岩様、未来永劫、悔しさ、恨みは消えぬものとしても、どうかしばしのお安らぎの時を過ごしていただきたいと思います。この御供養はそのためのものなのです」

そこで灯りが点された。女将はそう結んだ後、手燭を手にして立ち上がると縁側へと続く障子を開けた。

「おいでください」

縁側まで花恵と良吉を手招きし、あき乃の手燭が縁先を照らし出した。

千春がお岩に扮していた。顔の額から上の髪がごっそり抜けて、雪の上に長く垂れさがっている髪は特別に誂えた鬘と思われる。顔全体が爛れ、瞼が腫れ上がった醜怪な形相もまた工夫されたお面であろう。

「〝東海道四谷怪談〟の幕切れは、雪の降り積もる中で恨みを晴らし終えたお岩様のお姿なんですよ」

あき乃が言った。

「花恵さん、わたしはもう――」

倒れかかってきた良吉の手が花恵の肩に触れた。

「しっかりなさって」

花恵は励ましたが、

「いかがでございました？」

振り返ったあき乃の手にはいつの間にすり替えたのか、お岩の首を模したと思われるやはり怪異な提灯が握られていた。そのとたん、花恵は良吉の重みで背中が重くなった。とうとう、良吉は気を失ったのだ。

「まあ、大変」

気がついた女将は急いで花恵に代わって良吉を助け起こしたが、その表情は悦んでいるように見えた。すぐに気がついた良吉は、

「もう、大丈夫です。ちょっと、眩暈がしただけですから」

照れ臭そうに言った。

各々の部屋へと別れる時、

「さっきの姉の話をもう少し続けてもいいですか？」

良吉が小声で切り出した。

花恵もお岩の提灯首が頭にちらついてなかなか寝付けそうになかったので、女将

に炬燵のある三畳間まで案内してもらった。

「すいません、先ほどはすっかり心配かけてしまって。わたしは子どもの頃からお化けと怪談が大の苦手なんです。特に怖いのは四谷怪談で、あのお岩さんが毒を飲まされて変わってしまう様子が怖くて怖くて――」

　良吉の言葉に、

「本当はわたしもあの場面は駄目なんですよ。草紙本で初めて読んだ時は怖いのが先で、大きくなってからお岩さんの女としての深い悲しみに感じ入ったんです」

　花恵は相づちを打った。

「たしかに考えてみれば、四谷怪談の怖さはお岩さんの顔の変わりようではなく、伊右衛門やお岩さんの恋敵父娘の人の道を大きく外れた徹底した我欲にあるんですよね。実はわたし、姉の死に四谷怪談を重ねていたんです。だから余計怖さが身に染みました」

　思わず花恵は身を乗り出すと、良吉は無言で障子が閉められている廊下の方を振り返った。良吉は手控帖を出して以下のように書いた。

〝立ち聞きされているかも〟

――もしやこの男も何やらお姉さんの死にさらなる不審を抱いているのかもしれない――

花恵の疑念を感じ取ったのか、良吉は続けて書き連ねた。

〝姉は越中薬売りの身籠り薬で殺されたが、薬売りと姉とは何の損得関係もない。もしかしたら薬売りは誰かに頼まれて毒を盛ったのではないかと思う〟

これに驚かされた花恵はその理由が知りたかったが、

〝念のため、この話の先は明日。明日の朝、ここを別々に出ましょう。近くの二本榎(えのき)の前で待っていて〟

と良吉は書き終えた。

炬燵の部屋を出た二人はそれぞれの部屋に別れた。

花恵は目が冴え、ほんの少しうとうとしただけで、明け烏の甲高い声に起こされるともう辺りが白んでいた。幻牡丹について何も摑めなかったが、良吉の姉の死を辿れば何かに辿り着く気もしていた。示し合わせた通り、花恵は朝餉を摂るとすぐに、

「いい骨休めをさせていただきました。さあ、今日からは仕事、仕事」

と女将に明るく挨拶をして、料理屋冬牡丹を出た。

7

二本榎の前には茶店があって、そこで花恵が休んでいると半刻（約一時間）ほどして良吉が姿を見せた。

「待たせてすいません」

良吉は赤い毛氈(もうせん)が敷かれた床几(しょうぎ)に花恵と並んで座った。主が良吉にも茶を運んでくると、

「ぼた餅を二人前」

笑顔で注文した。

「この辺りをよくご存じなんですか？」

花恵の言葉に、

「確かめたいと思った時から来てはいます。もっとも料理屋冬牡丹へは初めてでした」

「ご両親が勧めてくれたんですよね？」

「夕餉の席では女将たちが聞いていたので、そう言いましたが、実は姉に毒を盛ったと思われる越中薬売りも〝幻牡丹〟と書かれた紙を握って死んでいたからです」

花恵はやはり白椿殺しはつながっているのだと確信した。

良吉は憮然とした表情になって、

「わたしはただ、姉の仇を取りたいだけです」

唸(うな)るように言い、

「あの料理屋冬牡丹が姉を殺した真の下手人と関わっているのは事実です。あの店で証を見つけました」

と自信ありげに続けた。

「女将が訪れたあなたに気を取られている隙に宿帳を見たんです。そこに呉服問屋京屋の若旦那京屋寿一郎(じゅいちろう)の名がありました」

「お姉さんの旦那様ですね」

「女将があなたにも言ったはずです。冬牡丹を見つけると願いが叶うと。思い切ってわたしが〝どうしても許せない人がいる〟と伝えてみると女将は、〝それなら賭けをしましょう〟と告げてきて、〝そのお方はたぶん、お身内かお友達、商い相手でしょう。ですのでこんな賭けがよろしいかと思います。あなた様からわたしが十両預かります。あなた様はその方が亡くならない方に賭け、わたしは亡くなる方を選ばせていただく。一月以内にそのお方が亡くなったらお岩さんの呪詛を引き継ぐ神使のわたしの勝ち。十両はいただきます。もちろん亡くならなかった場合はそっくりお返しいたします。ただしこの賭けは一度限りです〞とあの怪しい笑みを浮かべて言いました」

「まさかあの女将姉妹は殺し請負屋――」

「証はまだあります。宿帳に中村座の三代目中村菊五郎の名がありました」

「三代目中村菊五郎といえば四谷怪談のお岩役で有名な女形ね」

「ただしもう若くはない。人気も山は越えています。片やついこの間亡くなった若手女形中村翔之丞は人気の絶頂期でした。そして次の夏には菊五郎に代わってお岩さんを演じるだろうと言われていました。これは風評ではなく確かです。わたしは翔之丞用の〝東海道四谷怪談〞の台本を頼まれた戯作者に会ってきましたから」

「あなたは三代目中村菊五郎が弟弟子の翔之丞殺しを、殺し請負屋の料理屋に頼んだというのですね」

たしかにすとんと腑に落ちる話だと花恵は思った。

「この他にもう一件、気になる名がありました。香具師頭の虎吉です。うちの千種屋も店を構えている以上、世の常で虎吉のような稼業と縁は切れません。ですから連中の動きを耳に入れたくなくても自然に入ってきます。ここ二月ほどで虎吉は竜蔵の縄張りをぶんどって独り占めしています。竜蔵が病で死んだからですが、これほど素早く全部を奪い取れるものではないと聞きました」

「虎吉もまたあそこに竜蔵殺しを頼んでいたというのですね」

花恵は一時も涙の涸れなかった竜蔵の女房の様子を思い出して切なかった。

「そうとしか考えられません。とにかくわたしは姉を殺した真の下手人を突き止めて思い知らせてやりたいんです、命を懸けて」

良吉は涙声になりつつもきっぱりと言い切った。

花恵の目の前からはまだ竜蔵の女房の姿がちらついて消えない。いたいけな幼子や母親の背中に張りついて泣いていた赤子の様子も目に浮かんだ。

――堪らない。でも他人のあたし以上に竜蔵さんは遺していく家族が心配だったでしょうね――

さらに無残に殺された慈幸と源次の生前の姿も思い浮かび、花恵は胸が悲しみと憤怒で張り裂けそうになった。そして気がついてみると、

「わたしでお役に立つことがあったら――」

良吉に告げていた。

「本当ですか？　あなたのような方がいてくれるのは心強いです、お礼の言いようもありません。ありがとうございます」

固かった良吉の顔が和み、掠れ声で何度も頭を下げた。

――それほどこの男はお姉さんの死の真相暴きに一途なのだ――

良吉は初めて顔を合わせた時と変わらない口調を崩さずに続けた。

「今後はこのような誰が聞いているかわからない場所でのやりとりは危ないです。どうしたものでしょう？」

頭を捻る良吉に、

「わたしの八丁堀の花仙はいかがでしょうか？」

花恵は案を出した。

――あそこなら大勢の人が出入りしていることだし――

「いやいや、花仙で話をするのもやはり危ない。わたしの文を花仙に届けましょう。その折に話をする場所を記しておきます。そうしたらあなたはそこまで出てきてください。わたしはそこで待っています」

良吉は花恵に告げて帰って行った。

8

花恵は花仙への帰り道を辿った。良吉の話がどうも気になって、呉服問屋京屋の前を通って帰ることにした。江戸開府以来の由緒正しき老舗(しにせ)とあって京屋の店構えは並外れて立派であった。屋根に掲げられている大きな看板の古びた文字にまで貫禄がある。店の前は掃き清められて塵一つ、枯れ葉一枚落ちていない。前もって訪れを報されている客だけが中へと招き入れられるので、たいていはしんと静まり返っている。

花恵は京屋の方へと歩きはじめた。店には入らずに斜(はす)向かいの店の角に佇んだ。ここからは店の中がよく見えて様子が探れる。

「おや、若旦那様、どちらへおいでです?」

普段着姿で出てきた京屋寿一郎に手代が声を掛けた。

「ちょっとそこまでね」

躱(かわ)す若旦那にさらに大番頭が出てきて、

「今日は八ツ時(午後二時頃)に松田藩上屋敷まで、ご息女雪姫様の婚礼のご相談に参じることになっております。旦那様も申されておられるように何事も商い第一。お忘れなきよう」

釘を刺すと、

「なに、散歩だからすぐ帰るよ」

うるさそうに顔を顰(しか)めて寿一郎は歩き出した。

——どこへ行くのだろう——

花恵は尾行ることにした。大店の若旦那たるもの供もつけずに外出することは滅多にない。

小柄だが太り気味の寿一郎は京屋が見えなくなるまではゆったりとした足取りであった。花恵は尾行に苦労した。近づきすぎると尾行られていることに気づかれてしまうからである。さらに寿一郎は時折、後ろを振り返って誰か尾いてきていないかしきりに確かめる。花恵は良吉が言っていた、両親が自分のことを奉公人に見張らせているという言葉を思い出した。

――この男は奉公人の見張りを気にしているのだわ――

ところが京屋が見えなくなると突然寿一郎は猛然と走りはじめた。一瞬花恵は面食らったが走った。花恵は走りが得意なのであまり懸命に走りすぎると追いついてしまう。加減しながらの走りで尾行ていった。

寿一郎は店の居並ぶ通りを突っ切って走ってやや離れた場所にある草地で止まった。

「どうしてこんなところに？」

飴細工の屋台があった。花や犬猫等の生き物を細工している店の主は白い狐の形をしている。

――たしか、女飴売りが白椿に殺されていたんでは？――

花恵は源次が遺した覚書を思い出し、白狐姿の主に気がつかれないように近くの枯れ草の茂みに潜んだ。

「さて、旦那、何にしましょうねえ」

白狐の押し殺した声は男のものだった。

「いつもの幻牡丹を頼むよ」

「へい」

花恵は驚きのあまり、声が出そうになった。

応えた主は器用な手つきで溶かしたあつあつの飴を手で掴んで離すと、それを俎（まないた）の上で飴鋏で切って牡丹の花形にすると赤い食紅で染め上げた。これを繰り返して五つ拵えると、

「へいお待ち。熱いがもうくっつかねえよ」

紙袋に入れて寿一郎に渡した。

「五個とはいわず、十個にしてはくれまいか」

粘る寿一郎に、

「幻牡丹の飴は食べすぎるとよくないんだがな。とはいえ、こっちも商いだ。ようがすよ」

白狐の主は再び飴を火にかけて伸ばしはじめた。花恵は息を殺して見つめていた。

こうして寿一郎にもうあと五個の飴を渡し終えた頃、

「あっ、飴細工屋だ」

「白狐が作ってる」

「白狐はさらし飴、黒砂糖飴売りなんじゃない？」

手習い帰りの男の子二人と女の子が立ち止まった。

「きっとそうとは決まってなくて、何でもできる飴屋もいるのさ」

「そりゃ、凄いや」

「あたし、飴細工の鳥や馬が好きなの。見せてもらおぅっと」

子どもたちが駆け出して近づいてくると、

「仕舞い、仕舞い、今日はもう仕舞い」

白狐は愛らしい風体とはかけ離れたダミ声を出して屋台を畳みはじめた。

「だから行った、行った」

花恵は白狐の声を背後で聞いていた。今は歩き出した寿一郎の後を追わねばならない。

寿一郎は京屋とは反対の方向へと歩いて行く。さらに人影がない川べりへと向かっているのだ。寿一郎は枯れ草の茂る川辺に腰を下ろした。雪が積もっている上、河原の丈の高い枯れ草をぬっての尾行は骨が折れる。花恵はだが何とか見失わずにここまで来ていた。

二間（三・六メートル）ほどおいて寿一郎の背後に立っている。ここまでが限界でここからは気づかれる恐れがあるので近づけない。寿一郎は歌を口にした。

「お江戸日本橋七つ立ち　初上り　行列揃えて　あれわいさのさ　こちゃ　高輪夜明けの提灯消す　こちゃえ　こちゃえ」

――歌川広重の絵の〝東海道五十三次〟を歌にしたものだわ。お内儀さんを亡くしたばかりだというのに随分と陽気だこと――

花恵は呆れた。さらに寿一郎は、

「恋の品川　女郎衆に　袖ひかれ　乗りかけ　お馬の　鈴が森　こちゃ大森　細工の松茸を　こちゃえ　こちゃえ」

えげつない歌詞を酔ったように歌った後、

「こちゃ美味い、美味い、六郷あたりで川崎の　まんねんや　鶴と亀との米まんじゅう　こちゃ、こちゃ、こちゃ」

がくりと頭を垂れて前のめりに倒れた。

──もしかして、あれは──

花恵が駆けつけた時はもうすでに寿一郎は事切れていた。開いた口の中から飴の粘った汁が首にかけて伸びていて、上等な大島紬を汚していた。

──はやくお上に報せなければ──

花恵は枯れ草の茂みを掻き分けて河原を進んだ。しかしがさごそという音は自分一人が立てている歩みではない。背後からも同じ音がついてくる。

──こんなところで誰かに尾行られている？──

ひゅーっ、風に似た音がして花恵は咄嗟に蹲った。後ろから飛んできた吹き矢が花恵から半間（約〇・九メートル）ほど前に突き刺さった。

──あたし、狙われている──

そう感じた瞬間身体が硬直した。恐怖で動けない。ひゅーっ、また矢が放たれた。今度は目と鼻の先に刺さった。ますます動けなくなった。

──もう、駄目──

そう思いかけた時、

「花恵さん」

聞き慣れた声は彦平だった。彦平が枯れ草を掻き分けて花恵のそばに立った。

「もう、大丈夫ですよ」

彦平は固まっている花恵を助け起こして立たせてくれた。

「ありがとう。彦平さんがいてくれなかったらわたし、今頃どうなっていたか。それにしてもどうして彦平さんがここに？」

訊いた花恵に、

「旦那様も仰せになったでしょう？　わたしは主家の表に出ない商いのやり取りに関わっているうちに、いつしか他の暗い道にも通じるようになっているんでございますよ」

「京屋のお内儀さんが亡くなったことに、旦那さんの寿一郎が関わりがあると疑われていたんでしょうか？」

「わたしが見張っていたのは飴屋です。阿片混じりの黒糖を売る飴屋から京屋寿一郎に行き着きました。白い狐の形をした黒糖飴屋が子どももほとんど集まらない人気のない草地で屋台を出しているのは秘かに知っていました。そこへ頻繁に通ってきた寿一郎の姿を見ました。それで気になって尾行たところ、花恵さんも同じ相手を尾行ておられて驚きました。それにしても無茶をなさいますなあ」

呆れ顔で枯れ草の間の地面に刺さっていた吹矢を拾った彦平は、

「これは忍びが使うものですよ。これからはこんな無謀なことをなさってはいけません」

微笑みつつ苦言を呈して、

「旦那様のところへ行きましょう」

と言った。

9

夢幻の屋敷に着くと早速、花恵は料理屋冬牡丹の奇怪さや、京屋寿一郎、香具師頭虎吉の名が宿帳にあったことを話した。

「おさわさんの商い相手で、若くして死んだ中村翔之丞はお岩さん役者として名高い中村菊五郎のお株を人気で奪ってお岩さんを演じるはずだったんです。この中村菊五郎も冬牡丹を訪れています」

「要は慈幸和尚が書き記し源次さんが命懸けで守った覚え書きにある人たちは、他人を殺し自らは口封じされた。料理屋は四谷怪談のお岩さんにかこつけて殺しの依頼を受けて仲立ちしてきたというのですね。京屋のお内儀美弥は遊び好きの亭主寿一郎に、香具師頭の竜蔵は邪心満々の虎吉に、若死にが惜しまれていた中村翔之丞は妬心に駆られた中村菊五郎の頼みにより、集め屋のおさわがもたらした薬で殺されていたということだろう。いやはや、たいそう混み入った殺しですね」

　夢幻の言葉に花恵は大きく頷いた。

　夢幻も彦平も悲痛な様子で、それ以上は何も語らなかった。花恵は、自分と合わせて二人の客のうち、一人は京屋のお内儀美弥の弟で千種屋の跡取り息子良吉だったと話した。

「わたし一人ではここまでの手がかりは得られなかったと思います。良吉さんのおかげです。良吉さんはお姉さんの死に不審を感じていて、わたし同様料理屋冬牡丹にいらしていました」

　良吉について語った。

「ところでその良吉さんというお方も花恵さんと同じく市中で配られた引き札を受け取って閃き、足を向けられたのでしょうか？」

彦平が口を挟んだ。

「もちろん、そうだと思います」

応える花恵に、

「客はお二方だけだとおっしゃいましたね」

「ええ」

「人から人への口伝えなどではなく、市中で引き札が配られているにもかかわらず、客が二人とは寂しい限りですね。殺しを頼まれるのが真の目的だとしてもそうそうそんな依頼は転がっていません。本来もう何人か、客がいてもおかしくはない気がします。そうすれば下手な鉄砲も数撃てばで、当たりますから」

首を傾げる彦平に、

「料理屋冬牡丹では一年中、お岩さんの供養をしていて、何とか工夫して幻牡丹を作ってみせているのだという。春咲きも牡丹は晩春咲きを日陰に移して咲く時季を変え、秋咲きは早目に咲く種を植え、冬牡丹はわらぼっちで育てる。どれも育てた牡丹の茎や葉を遠火で黒く焼くのだという裏話を聞いたことがある。それゆえ、日に一人、二人の客で何とか賄えるし、その中に邪魔な相手を殺そうと頼む客もたまにはいるだろう。ただし、料理屋冬牡丹の主姉妹が白椿や他の殺しの黒幕だとは思えない。そうでしょう？」

夢幻は花恵に同意をもとめた。

「ええ、まあ──」

頷きつつも他には考えられなかった。

すると夢幻は、

「だとしたらこれ以上はあなたの身が危なすぎる。とりあえずあなたは花仙で草木の世話をしつつ、いつもの暮らしにお戻りなさい」

眉を寄せて諭す口調で告げた。

花恵は夢幻が案じてくれるが、どこかよそよそしいと感じた。

「河原で毒死させられた京屋の若旦那の一件はわたくしから青木様にお伝えしておきますから」

「はい」

夢幻に応えはしたものの、猛烈に花恵は寂しかった。

何日かして京屋寿一郎の死は公にされたが、京屋が奉行所のみならず瓦版屋たちも抑え込んだのだろう、あの見苦しい死に様は表に出ず病死とされた。

――良吉さんはどうしているだろう？――

花恵は気になった。

――お姉さんが生きてる頃はお身内だったんだから、当然、寿一郎の死については知っているはず――

花恵は真実が知りたいと言っていた良吉のことを、日に一度は考えるようになっていた。

そんな悩ましい日々を過ごしていた時、文が届いた。文には以下のように一言あった。


上野の不忍池畔（しのばずちはん）　出合茶屋　花散里（はなちるさと）

牡丹之助

手跡は見たことのある良吉のものであった。出合茶屋は男女が密会する専用の茶屋なので花恵は戸惑ったものの、身仕舞して不忍池畔へと向かった。途中、そこへ向かっているのだと思うと自然に顔が赤らみ、知人とは決してすれ違いたくないと思った。花恵は辻を曲がって建ち並ぶ出合茶屋を目にしたとたん、心も身体も硬直して震えが走った。

——こんなところに来てることをおとっつぁんが知ったら——

不思議と夢幻に知られたらとは思わなかった。

源氏物語に出てくる貴人花散里の住処とは似ても似つかない、ありがちな格子戸を開けるとやはり、料理屋の仲居とあまり変わらない様子の女将が出迎えた。

「お客様、どちら様のとこへおいでなさいました？」

相手は言葉こそ丁寧だったが物憂そうに訊いた。

「あの牡丹之助さんという方と待ち合わせをしています」

応えた花恵は口の中が乾いた。

「ああ、牡丹之助様ならここをまっすぐ行って右手の二番目ですよ」

牡丹之助という名を奇異にも感じていない様子で教えてくれた。

出合茶屋の客の中には世を忍ぶ仲が高じて心中したり、乗り込んできて現場を押さえた女の伴侶が間男ともども殺すこともある。心中した骸は晒しものにされるが夫の不義成敗は罪に問われない。それゆえ出合茶屋を訪れる客はほとんど全てが偽りの名で通している。

障子を開けて中へ入ると良吉が長火鉢の前に座って手酌で酒を飲んでいた。酒の大瓶や盃が運び込まれている。茶菓や料理、酒は客の注文次第で頼めば如何様にも調達してくれる。

「どうしました？」

花恵は良吉の窶（やつ）れて細くなった顔が気になった。

――これって？――

似ている顔を思い出したが、

――まさかね。それに恒一郎と夕庵先生ほどじゃないし――

「もう駄目です」

相当酔いが回っているのか、良吉は立っている花恵へ向かって畳に倒れた。

「花恵さん」

花恵の足元にすがりつこうとする。

「しっかりして」

屈み込んで抱き起こそうとすると、

「花恵さん」

いきなり頭を手で押さえられて、相手の顔が重ねられてきた刹那、

「何をするのっ」

花恵は良吉を思い切り突き飛ばした。

「いててて」

良吉の頭は柱にぶつかった。

「こんなこと、するつもりはなかったんです。話があったんです。本当です」

「京屋寿一郎の死の真相が闇に葬られてしまったことでしょう」

花恵もそのことがずっと気にかかっていた。

「無念で悔しくてたまりません」

「それでこんな風に荒れてるのね」

良吉はすごすごと頭を下げた。

「実はね――」

花恵は京屋寿一郎を尾行したところ、寿一郎が幻牡丹という飴を食べて亡くなった話をした。すると、良吉は花恵襲撃が今ここで起きているかのように目を剝いて怒りを露わにした。

「その野郎、許さねえ」

「寿一郎が飴細工の幻牡丹を食べて死んだのは間違いないんです。〝いつもの〟って寿一郎が頼んで出てきたんだから、きっと阿片入りの飴だと思いませんか？」

花恵はその時のことをくわしく話しはじめた。

「〝いつもの〟っていうからには、いつもは死なない程度の阿片入りで、今度のは殺すのが目的だったんですよ、きっと」

「阿片はとにかくありとあらゆる痛みが瞬時に止まって、極楽にいるような心地よさだそうです。最初はそうなんですけどそのうち嵌ると阿片がないとそこかしこが痛かったりして、悶え苦しむようになるんだとか。それで何とかして阿片を手に入れようとする。寿一郎は、他所の女だけではなく、阿片にまでも手をつけてたんですね。義兄が姉を殺すよう越中薬売りに頼んだのは確かでしょうけど、義兄をそこまで追い込んだ阿片使いはまだ見えてこない」

　良吉は眉を怒らせて唇を嚙んだ。

「料理屋冬牡丹を通じて中村翔之丞殺しを謀るべく、集め屋のおさわさんは手先に使われた。翔之丞を死なせたのはたぶん、とっておきの野ばら水に仕込まれていた阿片だと思います。阿片は肌を通して身体に入っても長く続ければ有害のはずです。としてみるとおさわさんもまた、寿一郎同様、阿片に蝕まれていたのではないかと――。だから過剰に飲ませて病死に見せかけられたんです」

　花恵の指摘に、

「殺しを頼む者、殺される者、殺す者の三者の中には必ず阿片狂いがいるというわけですか？」

　良吉は問いを返した。

「ええ。そして必ず殺す役割の人たちが白椿殺しの黒幕に、口封じに殺されていたんです」

「それでは仲居の友江と香具師頭竜蔵の件は？　友江は刺殺ですよ」

「亡くなった竜蔵さんには気の毒ですけど、逢瀬（おうせ）の料理屋に泊まるのはいつも竜蔵さんだけだったっていうし、想っていたのは竜蔵さんの方だけだったのでは？　竜蔵さんは友江さんに入れ込むうちに阿片狂いにされていたんです、きっと」

「よくそこまでしましたね、友江は。だって好いていない相手と逢瀬を繰り返してたんでしょ？　わからない話だ」

良吉は頬杖をついた。

「でも自分のやってることが好きな男のためだったとしたら？　友江さんは竜蔵さんを阿片狂いにすれば、いずれ相手も振り返ってくれるのではないかと期待していたのでは？」

「そうは言っても料理屋は殺し頼みを他に明かすとは思えません」

「好きな相手を尾行てあの店に行って立ち聞きすることはできますよ」

「まさか、友江と我が世の春に酔いしれているあの虎吉を――。友江は竜蔵殺しに白羽の矢を立てられた時むしろ喜んだ？」

「それが女ごころというものです」

「ひぇーっ」

良吉はのけぞって驚いた。

「といってもこれはわたしの憶測にすぎません。動かない憶測に手足を与えてさらに羽搏かせるには動かぬ証が必要。わたしたちに残された道は、京屋寿一郎がなぜ阿片入りと思われる黒糖飴で殺されたかの調べです」

花恵は言い切った。

「お上が隠した真実を暴き出して白日の下に晒すのですね。やりましょう。これでやっとわたしも救われた。生き甲斐が出て前が向ける」

力強く同調した良吉はいきなり部屋の壁に向けて逆立ちをして見せて、

「よーしっ。本当はね、わたし、幼い時から火消しか鳶に憧れてたんですよ」

この日初めての笑顔を見せた。

こうして花恵と良吉は本格的な調べに乗り出した。

「今までの毒死は全て阿片死と言っていいと思うのですが、これは想像の域を出ていません。寿一郎が阿片入りの飴で殺され、これはお里さんという女飴売りが絞殺されたことにもつながります。まずはここが一番攻めやすいはずです」

慈幸が遺した〝幻牡丹〟覚え書きには以下のようにある。

お里　女飴売り
本両替屋播磨屋嫡男　陸太郎

「京屋と並んでお大尽の本両替屋播磨屋なら知っている。たしか三月ほど前に五歳になる陸太郎が庭先で誰ぞに貰った飴をなめた後、急に具合が悪くなってそのまま、そして一月前には女隠居の葬式を出してる。跡取り運の悪い家で陸太郎の両親は滅多にない涼み船の転覆で死んでる。これはまだ陸太郎が赤子の時。だから陸太郎を育てたのは女隠居のお絹(きぬ)さんだった。お絹さんは可愛がってた孫に先立たれたんで、生きる張り合いを失ったに違いないというのが世間の噂です」

良吉は本両替屋播磨屋について知り得ている話を口にした。

10

二人はまずは跡取り孫と女隠居が立て続けに死んだ本両替屋播磨屋を探ることにした。

本両替屋は金銀の両替の他に、手形の発行、預金、貸付、振替等を一手に引き受ける大店で、銭を両替する小商いの銭両替屋とは比べものにならない富商であった。

「川柳に〝こんな金よく見ておけと番頭いひ〟とあるような本両替屋ですから、そここの形はしていかないと」

良吉は見知っている様子の古着屋に花恵を伴い、自分はやや渋めの大島紬を選んだ。

「化けですね」

花恵が小声で呟くと、

「これからはよくよく気をつけないと。大店の若夫婦に見えるような着物を選んでください」

良吉に促され、袂こそ短いものの、南天の実の刺繡が初々しくも豪華な外出着と赤い地に椋鳥(むくどり)が描かれている帯を選んだ。

「よく似合います。これで大丈夫」

頷いた良吉とともに播磨屋の前に立った。帳場格子の前には両替用の台秤が置かれていて、主らしき三十歳ほどの男が手代たちに勘定させている。

「あれが今の主の弥平ですよ」

「これをお願いします」

良吉は懐から金一両を出した。

「うちは初めてでございますね」

弥平が揉み手ですり寄ってきた。

「たまには苦労の多い女房を労ってやりたくてね」

「それはようございましたね」

相手は花恵を値踏みするような目を向けた。花恵は無言で俯き、新妻らしい恥じらいの芝居をした。

「御挨拶が遅れました。手前は播磨屋弥平、先代播磨屋弥右衛門の甥に当たります。跡取り息子の陸太郎、祖母のお絹亡き後、何とか皆様にご不便をかけぬよう、親族一同の任を受けて引き継いでおります。どうか、お見知りおきを。そちらはどこの大店の若旦那御夫婦でございましょうか？　喉がお渇きでしょう。今、すぐにお茶を――」

弥平は良吉に媚びるような物言いをし、手代の一人が慌てて座布団を運んできて

勧めた。すると良吉は、

「今日のところは女房との束の間の水いらずなんで、商いのお話はどうか勘弁してください。そちらの方はいずれまた考えてみます。さあ、もうそろそろ中村座が開く頃だよ」

花恵を促して播磨屋を出た。

「弥平さん、なんだか怪しいわね」

花恵の囁きに、

「やはり後ろ暗いところがあるから親戚中に推されて主になったなんて、わざわざ新しい客に言うんですよ」

良吉は応え、飴問屋甘井屋へと向かった。砂糖屋を兼ねる甘井屋は市中の飴売りにさまざまな飴や砂糖を卸している。飴売りたちは市中でどこよりも安く飴や砂糖を買い付けることができた。

ここでの良吉は、遅ればせながら我が娘の三つの祝いに親戚に配る飴の注文を切り出す芝居をした。

「初めての女の子の七五三だっていうのに、神社で手を合わせただけで、つい祝い損ねてしまってね。縁起物だから落ち着いたところで祝いたい。さすがに時季がずれてるから千年飴ではおかしいでしょう？　何かいい知恵はないものだろうか？」

これを聞いた禿げ頭の大入道のような主は、

「それなら鶴亀の飴細工がいいやね。腕のいい奴を知ってる。だがとにかく変わり者でね。気が向いた時にしか仕事をしねえ。それでいてどういうわけか、白い狐の恰好をして黒糖を売る連中に慕われてる。惜しみなく酒や飯を奢ってくれるんだと。ますますおかしな奴だろう？」

その言葉に、

「その飴細工屋さんはどこに住んでるんですか？」

すかさず花恵は訊いた。

「どうしてそんなこと訊くんだい？」

不審げな大入道に、

「女房は娘のための鶴亀の飴作りを引き受けてくれると信じてるんですよ。そういう気立てなんです、全くねえ――」

良吉は無邪気であつかましい女房に呆れている亭主を演じた。

「そうかい、そうかい」

大入道の目が優しく細められて、

「そんな理由なら特別に住処を教えてやろう」

この後二人は甘井屋の主に教えられた一軒家に足を向けた。折よく飴細工屋が屋台を曳いて出てくるのにぶつかった。飴細工屋は白い狐の形であった。

——あの時の飴細工屋？——

京屋寿一郎に飴を売っていた相手に似ていた。

白い狐の形をした者の後を二人は尾行た。近くの草地へと向かっている。着くと早速店を広げた。二人は枯れ草の茂みに潜む。ただし火を熾して飴を煉る様子はない。

しばらくして近づいてきたのは身形のいい武士であった。三十代半ばほどの働き盛りではあったが顔が青い。窶れても見える。

——京屋寿一郎もあんな感じだった——

「どうだね？　勘定組頭の座り心地は？」

飴細工屋の物言いは横柄であった。

「まあな」

相手は言葉少なく財布から銭を出した。

「こりゃどうも。偉くなりゃ、なったで大変なはずだよ。あんたの場合は自分の力でのし上がった、先の堤誠一郎ってえ組頭とは違うんだからなおさらだろう。これでもやってしっかり頑張りな」

励ましにしては棘がある言葉を口にして、白い狐の形をした飴細工屋は何やら手渡した。

——阿片入りの飴細工ね——

花恵は確信した。

「それではまた頼む」

今の勘定組頭と思われる武士は去って行った。するとそこへ、

「いた、いた、いたじゃないかあ」

際立って化粧が濃く、白粉の剝げた顔や首が黒ずんで見える四十歳を超えた女が、よろよろとした足取りで姿を見せた。

「夜鷹に売る飴はねえよ」

飴細工屋は屋台を畳みはじめた。夜鷹は最下層の遊女である。

「夜鷹ったってあたしは夜鷹頭だよ。ずっと夜鷹たちを束ねてきたんだ。夜鷹だけじゃない、貧乏に耐えてる侍の女房の世話だってしてきたんだよ。身体で稼ぐしかお家の体面を保つことができないっていう女たちを、舟饅頭にしてくれってあんた、あたしに頼んできたのを忘れたのかい？　忘れたとは言わせないよ」

夜鷹は酔っぱらっているのか大声で話した。

「舟饅頭のお登勢に勘定組頭堤誠一郎ってえ堅物は惚れてたんだよ。それをわかっていて、お登勢を使ったんだ。話を聞いてほしいってえお登勢を堤の旦那は無下にできず、舟の中でお登勢の勧める牡丹飴でお陀仏。心の臓の急な発作ってことになったけど、お登勢のこと、お上に言いつけに行くよ」

「そこまで言われちゃ、仕様がねえな」

飴細工屋は袋の中からまた何やら出して渡した。

「高い飴なんだ。もう、無心はこれっきりだ」

それには応えず夜鷹頭は、

「あああ、もう我慢できないっ」

無心した物を口に運んだ。そして、ほどなく、

「うっ、うっ、苦しい、うううっ」

胸を押さえながらその場に崩れ落ちた。

「くたばれ、このくそ婆」

白い狐が夜鷹頭を足蹴にし続ける。

良吉が飛び出した。飴細工屋に飛び掛かってねじ伏せると狐の衣装を引っ剝がした。鼠に似た小男で目だけがぎらつき、

「畜生、畜生」

何度も叫んで暴れるので、良吉は自分の帯を解いて縛らなければならなかった。

花恵は夜鷹頭を介抱しようとしたがすでに息はもうなかった。

番屋に報せて青木たちが駆けつけた。白い狐の形をした飴細工屋は実は虎吉であった。元は飴細工屋だった虎吉はせっせと阿片の横流しに精を出しつつ金を溜め、他の飴屋や香具師たちにも振る舞って、竜蔵の大きな縄張りを虎視眈々と狙って、機が訪れるのを待っていたのだ。

そんな時料理屋冬牡丹の姉妹と知り合い、互いの利得が一致する妙策を思いつい

たという。自分の手では相手を殺さず、密かに都合の悪い相手を次々に殺す手伝いをすれば、疑われることはまずないと――。

「上手いこと行ってたんですけどね。あんまりうるさいから殺した夜鷹頭だけじゃなしに、頼んできた張本人たちまで次々に阿片狂いになるとはね。これぱっかりは考えつきませんでしたよ。高い銭で買ってくれるのは有難えが結局は足がついちまった。あれさえなけりゃね」

虎吉はしきりにぼやいて調べは続いた。

虎吉は阿片入りの黒糖飴を女飴売りのお里に売らせて、本両替屋播磨屋嫡男陸太郎を殺させたことも白状した。さらに勘定組頭堤誠一郎が舟饅頭に落ちたお登勢に惚れていたと夜鷹頭から聞き込むと、喉飴だと偽ってお登勢が堤に舐めさせて殺した事実にも首を縦に振った。

阿片を使っての殺しは飴屋から広がっていった。飴の売り買いほどの小さな商いの真似事でいい金が得られるとあって、その儲け話が流布されていったのだ。

集めた金を使い込んでいた越中の薬売り吉三が金策にすがりついてくると、虎吉は身籠り薬に阿片を混ぜさせて京屋寿一郎のお内儀お美弥を殺させ、中村翔之丞殺しにはおさわに阿片入りの野ばら水を作らせた。竜蔵殺しも友江を操って強壮剤だと偽って飲ませ続け、ついに虎吉は本懐を遂げた。

お内儀殺しを頼んだ京屋寿一郎はあのような死に至ったが、翔之丞殺しは中村菊五郎、播磨屋の跡取り陸太郎殺しは先代の甥で今の主である播磨屋弥平がそれぞれ白状した。

前勘定組頭堤誠一郎殺しは、後釜に座り出世しつつも阿片狂いとなった現勘定組頭内藤小之助からの頼みだと虎吉は指した。内藤はあろうことか逃亡、全ては静原夢幻のせいだと罵りながら夢幻の屋敷へ乱入してきて、彦平を庇った夢幻の肩を斬りつけたものの、取り押さえられてお縄となった。

その後の調べでは内藤小之助は〝夢幻のせい、夢幻、夢幻〟〝牡丹飴、あの飴をくれええ、飴、飴、飴、夢幻のせいで飴がなくなった〟とわめき散らすばかりで一向に要領を得なかった。

いざとなると命が惜しくなった虎吉はもしやという期待を抱いて、阿片による頼まれ殺しに関わった者たちの名を残らず告げた。その者たちはすぐに捕縛され、虎吉と同日に打ち首の極刑に処された。

料理屋冬牡丹は調べによって、殺しの頼み人と虎吉との密談のために場所を提供していただけで阿片飴や阿片殺しまでは知らなかったとわかり、罪一等を減じられて八丈送りに決まった。世間は虎吉を白椿殺しの黒幕と見做したが、虎吉もかつての尾張屋富三郎同様、白椿殺しであることだけは最後まで認めなかった。

虎吉と仲間が打ち首にされた日、

――これで良吉さんのお姉さんの供養が叶ってよかった――

花恵は心の中で良吉の姉だけではなく、阿片に殺された人たち全員の霊に手を合わせた。数日が経った頃、白地に椿が描かれた巾着袋に文が添えられて花恵の元に届いた。文には〝姉が好きだった椿です〟と見覚えのある良吉の字で書かれていた。

11

花恵は日々、花仙の切り花を携えて夢幻の見舞いに出かけて行く。山茶花、椿、水仙等である。それらを出迎える彦平に渡して、茶といつもの菓子を振る舞われて帰る。

「旦那様に大事はありません。いつも花恵さんからのお花を喜んでおられます」

そう伝えられるものの、決して会わせてはくれない。

「少々とはいえ、傷で弱ったお姿をあなた様にお見せになりたくはないのではないかと――。わたしも旦那様に庇っていただいて生き永らえている以上、強いことは申し上げにくくて――」

夢幻の性格やことの次第を考え合わせるとなるほどと得心してしまい、無理に夢幻のところまで案内してくれとは言い難かった。

花恵は姿の見えない真の黒幕に狙われている夢幻を案じ続けていた。

ある日の夕刻、たいそう立派な駕籠を従えた、紋付羽織袴姿の白髪混じりの男が花仙に訪ねてきた。

「華道家元静原家に仕える原口智之助(とものすけ)と申します。当世静原流家元、静原利右衛門様よりの使いで参りました。利右衛門様がお屋敷でお待ちでございます」

「静原利右衛門とおっしゃるお方はもしや――」

花恵は当惑しつつも見当をつけた。

「はい、夢幻様のお父上であられます」

「何のご用でしょうか？」

「利右衛門様と奥様のお秋様があなた様にお目にかかりたいとおっしゃって、このわたくしがお迎えに上がりました。おそらくとても良いことです」

そう告げて原口は屈託なく笑ったが一挙に皺が顔全体に広がり、十歳は老け込んで見えた。

「夢幻先生はご存じでしょうか？」

「もちろん」

原口は大きく頷きながら俯いたが、嘘だと花恵にはわかった。ただ原口は退く気配を見せないため、花恵は従うしかなさそうだった。

急いで裾と肩口だけに紅白の梅模様がある一張羅を着た。母の形見の一枚である。京に染めを頼んで誂えたもので、誰からも上品だと褒められる逸品でもあった。梅の香の匂い袋を片袖に忍ばせるたしなみも忘れずに駕籠に乗った。

駕籠が止められて下りると夢幻の屋敷の数倍はある広さの静原流家元、静原利右衛門の屋敷を目の当たりにした。

「活け花に使う花は全てここで、千以上の種類の草木が育てられております。今は冬ですので数が少なく残念ですが、春にはご堪能いただけるほどお見せできると思います」

原口はにこやかな顔で説明してくれた。

——これだけの広さならどんな草でも育てていて知られることもないだろうな。熟し切らない実から阿片を採る芥子だって——

花恵は密かにそう思った。

門を入って屋敷までの道は踏石とさざんか屋敷の茶室から眺められたのと同じく敷松葉であった。

——夢幻先生は好まないとおっしゃってたけど、ここまで広く徹底していると典雅ではある——

立ち止まって見惚れた花恵に気がついた原口は、

「茶道と華道は共に歩むべきだというのが静原流家元代々のお考えですので、敷松葉はこの時季なくてはならないものなのです。清めて乾かした尊い松葉を敷くお役目は毎冬、かなりの高弟たちが競い合って行っています。その手間が華道の心に侘びた修練の尊さを添えるとされておりまして。とかく花の道は華々しすぎて上っ面に堕しやすく、それを補って深みを極めるためには茶の心しかないということです」

　静原流家元の本領を語ってくれた。

「ここには当然、白侘助もおありでしょう？」

　花恵の問いに、

「白侘助は静原流の象徴ですから。巷に白椿殺しとやらが横行して、白侘助を咲かせている家々が詮索された時も、役人の手はここまでは伸びませんでした。何しろ我が静原流家元家は、千利休の愛弟子の係累が華道に転じて祖となったとされていて、代々の公方様の覚えもめでたく、千代田のお城で四季折々の花を活けるのが務めでございますから」

　原口は胸を張った。

　——特別な計らいで役人も白侘助を調べずにいるとは、ますます怪しい——

　花恵の疑いはさらに増した。

　屋敷に入ると広い廊下が延びていて、

「どうぞ」

　花恵は奥まった客間まで歩かされた。

「ここでお待ちです」

　止められて障子が開けられた。

　床の間の壁に掛けられている書が真っ先に目に入った。利休の一字書で〃妙〃とあった。床の間には白侘助の一輪挿し。新しすぎない畳の加減も華美でない戸棚もやや薄い座布団までもが侘びた趣きを醸している。

　驚いたことに利右衛門と妻のお秋は下座に控えていた。上座の空いている座布団を指して、

「どうぞ、お座りください」

　白髪の老爺である、利右衛門が告げた。

　座敷には炉が切られていて茶釜の湯がたぎっている。菓子は剝き栗と椎茸を甘く煮たものが出た。

「利休が茶請けに食したとされているものです」

　夢幻の継母であるお秋が説明してくれた。お秋の鬢にも白いものが固まっている。眠りが足りていないのか、目に生気がなく利右衛門同様窶れていた。

　――そこまで侘びさびに凝らなくても――

　お茶は利右衛門の点前で振る舞われたが、なつめに木匙を用い、茶筅を作法通りに使い続けるその利き手は震え続けていた。

「あなたにお願いがあります」

　利右衛門はすぐに切り出した。

　花恵は両手を膝の上に置いて、神妙に相手の言葉を待った。

「夢幻と一緒になってくれませんか？」

「わたしがですか？」

　驚いて、思わず花恵は訊き返した。

「もちろん、あなたです」

「でも、わたしは染井で肝煎を務めているとはいえ植木職人の娘で今は花を育てて売って暮らしを立てています。こちらとは家柄の釣り合いがとれません」

　花恵は意外に自分が冷静を保てていると感じた。

「夫もわたしも先祖は武家です。武家は武家としか縁組できないことになっていますが、それは表向きだけのことであなたが然るべき武家の養女となれば何の障りもありません」

お秋の目が一瞬生気を取り戻して、

「あなたに夢幻と添う気さえあればよろしいのです。あなたは夢幻と旅までされていたそう、お二人は好き合っていると聞いています」

畳みかけてきたが、彼らの企みがわからない花恵は言葉が出なかった。

重苦しい沈黙がしばし流れた後、

「あなたのような分際でこのわたしどもがわざわざ、よかれと思って設えたこの案を気に入らないとでも言うのですか？」

継母の声が苛立っていた。

「お秋、止めなさい」

利右衛門が精一杯声を張って、

「くわしくは話せませんがあなたさえ、わたしどもに従って夢幻と夫婦(めおと)になってさえくれればわたしたちは救われるのです。それ以外にこの静原流家元家のわたしたちも、夢幻が可愛がっていた妹の篤野(あつの)と婿の宗一郎(そういちろう)も助かる手立てはありません。夢幻が妹夫婦に代わって静原流を継ぐほかはないのです」

と告げた。

――夢幻先生に静原流家元を継がせるですって？――

思わず花恵は自分の耳を疑った。

「先生からは家元継承のことで揉めるのが嫌で静原夢幻流を創始したと聞いています。先生のお気持ちもわからずに何もお応えはできません」

花恵はきっぱりと言い切った。

「たしかにあなたとの祝言なしで戻ってきてほしい、家元を継げと言ったら倅は一も二もなく断るでしょう。けれども、わたしどもはあなたとの祝言が叶うならばと夢幻に考えを曲げてもらいたいのです。万策尽きて、わたしたちにはもう、あなたしかおすがりする相手はおりません。この通りです」

当世静原流家元、静原利右衛門は畳に両手をついて頭を深く垂れ、不承不承継母のお秋も従った。

12

有無を言わせない様子に、花恵もなす術がなかった。

「最後に一つだけお聞かせください。わたしは以前、夢幻先生から御老中様より特別なお役目を仰せつかったとの覚悟をお聞きしました。その事実と今回のことは関わりがございましょうか」

思い切って花恵が訊くと利右衛門は頭を垂れたまま無言だったが、

「お察しなさい」

夢幻と折り合いの悪かったというお秋が舌打ちした。

「夢幻先生が命を受けて取り締まろうとなさっている、阿片の栽培と密売はこのお家の窮状とも関わりがあると考えます」

毅然とそう告げて花恵は立ち上がった。

静原流家元家が夢幻と相容れない立場に追い込まれているとしたら、この屋敷から生きては出られないかもしれないと花恵は思った。

――それも仕方がない――

不思議に恐怖はもう湧いてこなかった。

だが原口智之助は、

「わたくしどもはただただあなた様と夢幻様が頼りなのです」

目に涙を浮かべて屋敷の外まで送ってくれた。

——伝えなければならない——

花恵は急ぎ夢幻の元へと走った。迎えた彦平に静原流家元家に連れて行かれた話をすると彦平は絶句して、

「実は旦那様があなたにお会いにならないのには理由があるんです、どうぞ」

夢幻が病臥している部屋へと案内した。

——あの夢幻先生が——

花恵は息が止まりそうになった。

夢幻は最も好きな四季の野の花を染め抜いた夜着にくるまれて横たわっている。しかし昏は紫色で目の下の隈が顔全体に広がっているかのようにその顔は青黒い。

「どうしたんです？」

花恵が駆け寄ろうとすると首を横に弱々しく振って来てほしくない旨を告げた。

「旦那様のご様子についてはわたしが説明いたします」

彦平が切り出した。

「勘定組頭内藤小之助が当家を襲い、わたしの代わりに旦那様が手傷を負われまし

た。傷はたいしたものではなかったんですが、翌日どなた様からはわからないのですが葉と茎が黒い花だけの見事な寒牡丹が届けられました。先生は寒牡丹に並々ならぬ想いがあり、鼻を近づけたところ、その翌日から高い熱が出て下がらず、うなされる日々となりました。何も召し上がれずかろうじて水だけが喉を通り、命が保たれておいでです。この先はもう旦那様ご自身も長くはないとおっしゃって、それでもあなたにはこの様子を伝えてほしくないと――」

彦平は辛そうに項垂(うなだ)れた。

「病の因(もと)は何なのです？」

花恵は訊かずにはいられなかった。

――寒牡丹にそんな毒があるとは思えない――

「全身の震えがしばらく止まらなかったほどの高熱に見舞われた時、先生は〝あの寒牡丹の花弁には得体の知れない毒と合わせた阿片液が塗られていて、鼻を近づけるだけで五臓六腑にまわってしまったのだ〟と言っておられました」

「治す解毒の薬はないんですか？」

「草木の効能に通じている旦那様でも思い当たらないとのことです」

「それでは先生は――」

「残念です」

再び項垂れかけた彦平だったが、

「わたしはしばらく失礼いたします。お二人での時をお大事にされてください」

彦平が部屋を出て行ったのを見届けると、

「彦平もわたくしの詐病には騙されるのだよ」

夢幻は夜着を纏ったまま起き上がって花恵の前に座った。馴染みのある匂いがしたが、今の混乱している花恵には言い当てられない。

「身体に障ります。休んでください」

花恵は慌てると、

「大丈夫、熱なぞないのだから」

夢幻は紫色の唇で笑った。

「この正体はこれですよ」

夜着の下の浴衣の片袖から出してきたのはギヤマンの大小の瓶と手鏡だった。大きめの方の中身はどろりとした茶色で小さい方のはさらっとした紫色である。夢幻

は手鏡を使いながら、

「よしよし、なかなかいい具合になってきているな。水だけで何日も過ごした甲斐があった。しかし大いに藍には世話になったな。顔は松脂と藍、唇はつゆくさの汁と藍を混ぜて塗って化けた。どうかな？　瀕死に見えるだろう？」

満足げに言って、さらに松脂と藍で目の下の隈を厚く伸ばした。花恵は何が起こっているのか全くわからないでいた。

「唇の方はこれぐらいにしておこう。あまり紫がすぎると役者の化粧のようになってしまうから」

大小の瓶を片袖にしまった夢幻は、

「驚かせてすまなかった。さて、何なりと訊いてくれ」

花恵を促した。

「どうしてこんなことをしているのかは後で訊きます。夢幻先生のお父様に会ってきたことをまずは、お伝えしなければなりません」

花恵は静原流家元家でのことを、かいつまんで話した。

「あなたとの祝言でわたくしを釣るとは父上もなかなかの知恵者だな」

「茶化さないでください。どうして、そんなことをわたしに頼むのか、お父様がそれしか手はないと思われた理由を話してください」

しばらくの沈黙のあと、夢幻は静かに話しはじめた。

「香具師頭の虎吉は金のために殺しさえ商いにして恥じなかった。白椿が骸に添えられていたこの一連の白椿殺しはその虎吉を使って阿片による殺害を続けさせて効き目を試していたのだ。そして秘密裡に阿片を栽培、密売して巨万の富を得るだけではなく、いずれはお上を脅かそう、牛耳りたいという野望を抱いていた。これを御老中首座の美山丹波守直樹様がいたく案じられた。南蛮貿易によって津軽（青森県）にもたらされた芥子、阿片の栽培を得る利益は驚くほど高い。誰もが手掛けたい商いだが、従来は甲斐（山梨県）、紀伊（和歌山県）、大坂（大阪府）で麻酔等の医術方のためだけに育てられていた。阿片栽培が盛んになれば多少は農民たちの暮らしの助けにはなろう。だがこの阿片を売る商人たちが儲ければ儲けるほど阿片狂いが増えてしまう。御老中の美山様とわたくしは医術のための阿片栽培だけをよしとする考えだ。それゆえわたくしは阿片取り締まりの任を賜った。これは従来わたくしが負わなくてはならない重い任でもあった」

珍しく夢幻の声が湿った。

「そして静原流家元家に降り掛かってきた難儀は、わたくしの産みの母の出自身分に源がある」

「お母様はお父様と結ばれつつも、早くに亡くなられたとだけ聞いています」

「静原流の家元であり続けるために、身分違いの母を日陰の身に置いた父を快くは思っていなかった。ところがそれは違うのだという文を父から貰って真実を知った。身分違いは父の方で、わたくしの母は津軽にある先代尾沢藩主の側室であったということ。しかもすでに嫡子をもうけていた。先代藩主はことさら母を愛おしんでいて、他の側室たちとの国許での暮らしを案じて、静原流次期家元の父を遣わした。その結果、嫡子の生母ということで、並みいる側室たちの日々の嫌がらせだけではなく、江戸にいる正室から届く文で壮絶な虐めを受けていた母は、活け花を通じて父に心の拠り所をもとめてしまった。二人は理ない仲となり、尾沢城から逃げた。父は江戸の静原家に戻り、母は同道した従者の故郷伊賀でわたくしを産むとほどなく亡くなった。ここから先はあなたがお貞さんから聞いている通りです」

「藩主のお兄様がいるということなんですね」

「兄は二人」

　夢幻は沈んだ顔になった。

「二人？」

「双子なのだ。一人は尾沢藩主伊予守忠親様、もう一人は主忠」

　花恵は息を呑んで聞いていた。夢幻は表情を変えずに先を続けた。

「双子は畜生腹と言われて忌み嫌われるのが常だ。それもあって側室や正室は母を虐めたのだろう。いずれ揉め事の種になるからともう一人の兄は猟師の家に里子に出された。身分差も含めて徹底的に藩主になる忠親様と切り離したのだ。ところが主忠を育てた猟師のところの養母は今際の際にこの事実を洩らしてしまった。藩主になっていたかもしれないというのに、猟師で生涯を終えるしかない主忠の身の上を哀れに思ってのことだったのだろう。これを聞いた主忠は変わった。尾沢藩内の山中では昔からツガルが栽培されていた。幕府はこれを公には認めていなかったもののの、ツガル伝来の地であるこの地での栽培には目を瞑ってきていた。ツガルを育てて阿片を収穫するのは猟師の役目ということに目をつけた主忠は、尾沢藩への復讐を果たそうとした」

「まさか お殿様を――」

「すぐには殺さなかったが阿片狂いにして意のままに操った。仲間に引き入れたのは尾沢藩に出入りしていた廻船問屋中田屋千右衛門だった。千右衛門は主忠から高い値で買ったツガルの種を廻船でさらに高くあちこちに売った。忠親様にまだ多少の正気が残っていた時、わたくしは呼ばれた。わたくしが異父弟だと知っていた忠親様は、主忠の悪事について語り、〝成敗を頼む〟とだけ言い置いて、この手を握って涙していた。わたくしはこの時主忠の蒔いた阿片禍の種が、各藩の商人の手を経て農民たちによって芽吹いているだけではなく、植木職、華道家、かつての暮らしぶりが叶わなくなっている広い屋敷の持ち主たちにまでその輪を広げていることを知った」

「その中にさざんか屋敷やご実家が含まれていたんですね」

「家元を継ぐものとされていた妹の夫が主忠の奸計に嵌ってしまったのだ。父の高弟だった次期家元は周囲の目と批判に晒されて、何かと心の疲弊が溜まっていた。それゆえわたくしの兄で藩主の弟だと名乗った主忠に心を許して、気がついた時には阿片狂いにされ、八百長博打で大きな借金を拵えていた。体面が何より大事な父たちは主忠に従って、屋敷内に芥子を植えただけではなく、来年は奥多摩にある一部拝領の土地にも種を蒔くよう命じられている。そのうちご公儀も取り締まれなくなるほど作られるだろう」

そう言い切った夢幻は、

「主忠は毒を発する寒牡丹を送り付けてきた。最後に狙うはわたくしだ。だが、わたくしは毒を吸い込まずにこうしてぴんぴんしている。瓦版屋にわたくしが危篤だと書かせるよう文を届けた。今日の今頃は市中の噂になっているはず。今度はこれからあなたが瓦版屋にこれを届けてほしい」

花恵に前もって書き置いた文を渡した。

静原夢幻の容態さらに悪化。急ぎ屋敷内での死祝言（しにしゅうげん）の運びとなった。〃死にたくない、生きたい〃とうわ言を繰り返す、哀れ静原夢幻。再び天才夢幻の活ける花を見たい。どこぞに特効薬はないものか？

「おそらくここから瓦版屋へ行く途中、尾行てくる者の気配を感じるだろうが、恐れることはない。敵の目的はこのわたくしだけだ。奴は死にゆく静原夢幻を見て嘲笑うために、きっと死祝言にやってくる」

夢幻の言葉に従って花恵は屋敷を出て、瓦版屋へと出向いて文を渡した。何者かの気配を感じたが動じずにいた。

そして翌朝早く夜が明けるのを待って再び夢幻の屋敷へと向かった。

「花恵さん、何とお二人の死祝言だと旦那様がおっしゃって――」

出迎えた彦平が鼻をぐずつかせながら、いつもの力がつく菓子と紅茶を振る舞ってくれた。

――これからが本当の勝負なのだから――

食欲は全くなかったが無理やり食べた。白無垢と綿帽子はすでに用意されていて、化粧は自分で何とか整えた。祝言の場は夢幻の部屋であった。主忠から贈られてきたと思われる寒牡丹の鉢が祝言の金屛風の横に飾られた。

「あの花弁に塗られた阿片含みの猛毒は顔を近づけて、鼻から吸い込まなければ悪さはしない」

夢幻はそう言って花恵を安心させた。やがて布団の上に紋付羽織袴姿で瀕死に見える夢幻が横たわり、白無垢姿の花恵はその横に座った。

「お知り合いの宮司様を頼まれているとのことです」

何も知らされていない彦平は紋付羽織袴をつけて畏まっている。

そのまま時は過ぎて八ツ時になった。

――もう、とっくに瓦版は売られているはずだわ――

花恵がそう思った時、部屋の縁先から風が吹きつけてきたかのように感じられた。

縁側と部屋とを仕切る障子の向こうから、

「気の毒だがそろそろ命が尽きる頃だろう」

主忠であろう、低い声がした。

「はじめは喉が痛くくしゃみが出るだけだが、そのうちにぞくぞくと寒気で身体の震えが止まらなくなり、高い熱が出て寝込むしかなくなる。この毒薬の酷なところは一時熱が下がって治癒したと思わせることだ。そこいらは疱瘡そっくりの地獄の苦しみに似させて、女たち垂涎のおまえの顔や肌をかさぶただらけにしたかったたが、そこまでは叶わなかった。それでも病み衰えた情けない顔になったな、夢幻。それで祝言なんぞというのは笑わせるぜ。二度目に熱が出た後はもう決して下がらない。

身体のあちこちが激しく痛む。目が見えなくなっても、まだ息は止まらず、地獄で喘ぐ亡者のような恐ろしい苦しみが死ぬまで続くのだ。いっそ死んだ方がいい、殺してくれと頼むおまえの声を俺は聞きたい」

「頼む、薬をくれ」

夢幻は全身からやっと絞り出したような声音を使った。

「馬鹿め、そんなものがあるはずもない。ここから見える、俺が拵えた寒牡丹は松見山の山中に群生している、寒さにも雪にも負けぬ種だ。わらぼっちなどというふざけたもので守って育てられるものとは異なる。その種の花弁には毒がある。そして阿片を塗りつけると猛毒と化する。この効き目を止めることなどできはしない。夢幻、おまえは死ぬ。だが死ぬ前にどうしても見せてやりたいものがある」

障子が開けられて主忠が花恵の方へと向かってきた。悪鬼さながらに、その目はいたぶりの快感に燃え、吐く息は怨嗟の炎をあげている。

——このままでは——

花恵は身がすくんで動けない。

相手はこちらへ進んでくる。夢幻が立ち上がったのが見えた。続いて彦平も。瞬時のことだった。夢幻が主忠を羽交い絞めにした。花恵も立ち上がって寒牡丹の鉢を抱えた。

花恵の身体は勝手にかつ敏速に動いた。鉢を力いっぱい押し上げて毒の花弁で主忠の鼻を覆った。咄嗟に彦平も鉢を支えて花弁の押し付けを助けてくれた。

「く、苦しいっ、た、助けてくれえ」

主忠は呻き(うめき)つつ、手足をばたつかせて暴れたが夢幻は捕らえている手を緩めなかった。

「おまえから贈られた猛毒の寒牡丹はとっくに焼き捨てた。これは毒など塗られていない、主姉妹が島送りとなった後、料理屋にあった全株を引き取り、主姉妹がやっていたように葉と茎を焼いたものにすぎない。おまえは死病に憑りつかれることはないが御定法で裁かれる。あの世の地獄に行ってもずっと罪の報いを受けることだろう」

夢幻が言い終えたのが合図だったのだろう。

「御用、御用、御用」

縁先から青木を筆頭に捕方たちがなだれ込んできた。

出自ゆえに表の世界に恨みを抱いていた主忠は、闇の商いを一手に牛耳ろうとした。飴売りのお里、薬売りの吉三、集め屋のおさわ、仲居の友江、舟饅頭のお登勢を巧みに阿片で操り、殺しをさせたのだった。彼らの口を封じた上に、慈幸和尚と源次に企みを知られそうになったので命を奪うというあまりに身勝手な所業に、市中は震えあがった。

主忠はこのような驚くほどの罪の数々を白状させられた後で処刑された。打ち首、獄門では手ぬるい、死に至る拷問を科するべきだという意見も奉行所内にあったが、やはり御定法通りの処罰となった。

大老となった美山丹波守直樹は津々浦々に到るまで、許しのない阿片栽培の禁止を徹底させた。

「もし主忠が生きていて今も暗躍していたとしたら、表向きだけの禁止令で終わったことだろう」

夢幻は言った。

静原流家元家はしばらく屋敷を離れて、向島の別邸にて阿片狂いの治療に専念することになった。妹の夫は次期家元の座を辞退したので、利右衛門がまだ家元を続ける流れにある。

夢幻は次期家元と目されているが、

「わたくしは気取った作り物のまやかしではない、ただひたすら寒さに立ち向かって咲く、わたくしなりの寒牡丹を探し当てて活けてみたい。それが叶わぬうちは家元を名乗るつもりはない。それまで待っていてくれるかな？」

そう花恵に告げて旅に出た。

この時花恵は咄嗟に、

「あなたはきっと終生寒牡丹。わたしはこの市中にいて、そんなあなたのわらぼっちになれるかどうか、時をかけて考えてみるつもりです」

とだけ応えた。花恵のまっすぐな言葉に、夢幻は静かに微笑んだ。

夢幻を想い続けること以上に、花恵は自分だけの花を育ててみたいという気持ちが花仙での日々の中で強まっていたのだった。

花仙では花恵の普段通りの暮らしが続いている。育てる草花にこれまで以上に自信があるゆえに、客たちにもてきぱきと対応するのだった。

「花恵ちゃーん」

「花恵殿」

「花恵さん」

お菓子づくりの腕をめきめきと上達させているお貞やそれを温かく見守る青木、塚原千太郎、お美乃がにぎやかに訪れる声が絶えない。

「お嬢さーん」

もちろん、いつも調子のいい晃吉の呼び声も——。

今年もすみれの時季になった。

参考文献

『萬宝料理秘密箱』寛政七年版
『ほしいも百年百話』先﨑千尋　茨城新聞社
「週刊花百科　Fleur　6　ぼたんとしゃくやく」講談社
「週刊花百科　Fleur　33　さざんかと冬の花木」講談社
「週刊花百科　Fleur　39　水仙と春の七草」講談社
「週刊花百科　Fleur　40　福寿草と雪どけの花」講談社
「週刊花百科　Fleur　42　つばき」講談社
「週刊花百科　Fleur　90　つわぶきと冬の和花」講談社

この作品は書き下ろしです。

幻冬舎時代小説文庫

●好評既刊
はぐれ名医診療暦　春思の人
和田はつ子

江戸に帰還した蘭方医・里永克生は、神薬と呼ばれる麻酔を使った治療に奔走する。一筋縄ではいかない病と過去を抱えた患者たちの人生を、負けん気の強い愛弟子・沙織らと共に蘇らせていく。

●好評既刊
お悦さん
大江戸女医なぞとき譚
和田はつ子

出産が命がけだった江戸時代、妊婦と赤子を一流の医術で救う女医・お悦。彼女が世話をしていた臨月の妊婦が骸になって見つかった。真相を探るうちに大奥を揺るがす策謀に辿り着いてしまう。

●好評既刊
わらしべ悪党
和田はつ子

健康食品会社の社長が事故死した。遺言書が無いため、妻は10億の遺産を独り占めできるはずだった。しかし、無欲を装う関係者たちの企てに嵌められていく。昭和を舞台に描く相続ミステリー。

●最新刊
番所医はちきん先生　休診録五
悪い奴ら
井川香四郎

柳橋の船宿で起きた殺人事件の探索に協力する番所医の八田錦は、被害者に関するある重大な事実に気づく。そんな錦の前に現れた吟味方与力が告げた思わぬこととは？　表題作ほか全四話収録。

●最新刊
市松師匠幕末ろまん　黒髪
坂井希久子

三味線で身を立てる夢を描くおりんが師事する市松師匠は腕前はもちろん絶世の美女で、おりんの憧れの的。だがある日、忘れ物を取りに稽古場へ戻ったおりんは想像もしない事態を目にする……。

花人始末（かじんしまつ）

椿（つばき）の花嫁（はなよめ）

和田（わだ）はつ子（こ）

令和5年1月15日　初版発行

発行人――石原正康
編集人――高部真人
発行所――株式会社幻冬舎
〒151-0051東京都渋谷区千駄ヶ谷4-9-7
電話　03(5411)6222(営業)
　　　03(5411)6211(編集)
公式HP　https://www.gentosha.co.jp/
印刷・製本―図書印刷株式会社
装丁者――高橋雅之

幻冬舎時代小説文庫

ISBN978-4-344-43265-9　C0193　　わ-11-9

この本に関するご意見・ご感想は、下記アンケートフォームからお寄せください。
https://www.gentosha.co.jp/e/